SF 보다

Vol.5 대피소

초판 1쇄 발행 2025년 11월 28일

지은이	김달리 조시현 김성중 이경희 김성일
기획	문지혁 심완선
펴낸이	이광호
주간	이근혜
편집	조아혜 김필균 허단 윤소진 유하은 최은지 김다연
마케팅	이가은 허황 최지애 남미리 맹정현
제작	강병석
펴낸곳	㈜문학과지성사
	등록번호 제1993-000098호
	주소 04034 서울 마포구 잔다리로7길 18
	전화 02-338-7224
	팩스 02-323-4180(편집) / 02-338-7221(영업)
	대표메일 moonji@moonji.com
	저작권 문의 copyright@moonji.com
	홈페이지 www.moonji.com

ISBN 978-89-320-4467-5 03810

ⓒ 김달리 조시현 김성중 이경희 김성일, 2025. Printed in Seoul, Korea

이 책의 판권은 지은이와 ㈜문학과지성사에 있습니다.
양측의 서면 동의 없는 무단 전재 및 복제를 금합니다.

SF 보다

Vol.5 대피소

김달리
조시현
김성중
이경희
김성일

문학과
지성사

차례

문지혁　하이퍼-링크 hyper-link
　　　　―― 우리가 숨는 곳　　　　　　　　　　006

김달리　수옥폭포 순례길　　　　　　　　　　　　015
조시현　셔터　　　　　　　　　　　　　　　　　045
김성중　트리허거　　　　　　　　　　　　　　　089
이경희　등각 순환 하는 시공간 원점의 위험성에 대하여　123
김성일　인류의 유산　　　　　　　　　　　　　　164

심완선　크리티크 critique
　　　　―― 일어나지 않은 미래라는 공백이 순간　206

하이퍼-링크 hyper-link

———
우리가
숨는
곳

문지혁(소설가)

intro

어린 시절, 매월 15일이 되면 학교에는 요란한 사이렌이 울려 퍼졌다. 선생님은 아이들에게 모두 의자를 위로 올리고 책상 밑으로 들어가 꼼짝 말고 조용히 있으라고 했다. 나는 같은 책상 밑으로 들어간 짝에게 웃으며 말을 걸었다가 선생님에게 혼이 났다. 웃으면 안 돼. 우리는 대피 연습을 하는 거라니까. 하지만 내가 궁금했던 건 정확히 그 부분이었다.

지금 우리가 뭘 피하고 있는 거야?

대피소라는 단어는 언제나 외부의 위협을 전제로 한다. 그것은 우리를 지키기 위한 공간이면서, 동시에 우리가 무언가로부터 쫓기고 있다는 명백한 증거이기도 하다. 핵전쟁 속에서도 몇 달을 버틸 수 있는 물과 식량이 구비된 지하 벙커, 좀비 떼의 습격으로부터 몸을 숨기는 텅 빈 쇼핑몰 구석의 창고, 소행성 충돌을 앞두고 소수의 선택받은 자들만 탑승한 우주 방주. 우리에게 익숙한 거대 재앙의 목록 속에서 대피소의 모습은 구체적이다.

하지만 보이지 않는 위협이라면 어떠한가? 과도한 정보의 소음, 극단으로 치닫는 사회적 갈등, 혼란을 겪는 정체성과 계급, 존재론적 불안과 고독. 우리가 마주한 위협과 재난의 형태에 따라, 시대와 환경과 문화에 따라, 대피소는 각기 다른 모습과 방식을 취한다. 그리고 한번 거기 들어가면, '꼼짝 말고 조용히' 있어야만 한다. 묻지 말고. 웃지 말고.

link #01: 견고하고 물리적인

이제껏 SF에서 그려온 가장 전형적인 대피소는 물리적으로 폐쇄된 공간이다. 이를테면 벙커, 지하 도시, 우주선 같은 것들. 이들은 재앙으로 파괴된 일상의 공간에서 살아남은 인류를 보존하기 위해 만들어낸 공간이다.

휴 하위의 디스토피아 소설 『울』을 원작으로 하는 드라마 「지하창고 사일로의 비밀」에 등장하는 대피소는 지하 144층에 달하는 거대 창고 사일로다. 이곳의 유일한 이동 통로는 사일로를 관통하는 나선형의 중앙 계단뿐이고, 식량과 물을 비롯한 모든 자원은 한정적이기에 엄격한 통제가 이뤄진다. 층에 따른 계급 구분과 역할 분담, 산아제한 등은 전형적이지만 필연적이다.

밀폐된 이 수직의 대피소에서 외부 세계를 볼 수 있는 곳은 최상층뿐인데, 스크린에 비친 황폐한 풍경은 사일로 거주민들에게 바깥세상에 대한 공포를 심어주기에 충분하다. "나가고 싶다"라고 선언한 사람은 '청소형'이라는 최악의 형벌을 부여받고, 지상으로 추방되어 스크린 외부의 카메라 렌즈를 닦아야 한다. 물론 추방자들은 얼마 지나지 않아 지상의 독성으로 죽음을 맞이하고, 이는 고스란히 스크린에 공유되어 남은 이들에게 괴로움 속에서도 사일로에 머물러야 할 이유를 만들어준다.

사일로가 수직적 대피소라면 봉준호의 영화에 등장하는

설국열차는 수평적 대피소다. 빙하기가 닥친 지구를 영원히 달리는 열차는 그 자체로 움직이는 사일로이자 방주다. 이번에도 기차 칸의 순서와 위치에 따라 계급과 자원은 달라지고, 그에 따른 갈등이 이야기를 추동하는 엔진이 된다. 호사를 누리는 일등칸의 승객과 달리, 꼬리 칸 대다수에게 기차 안에서의 삶은 비참하지만 견딜 수밖에 없는 무엇이다. 사일로에서처럼 바깥세상은 얼음과 죽음뿐이기 때문이다.

이처럼 물리적 대피소가 악몽으로 여겨지는 이유는 무엇일까? 사일로나 기차가 외부의 위협을 막아내는 데 효과적일지는 몰라도, 그 좁은 공간 속에서 인간 사회의 모순과 갈등은 사라지지 않은 채 도리어 왜곡되고 증폭된다. 물리적 벽은 위협을 막는 데만 쓰이지 않고 자유와 변화를 가두는 데도 사용된다. 우리는 그런 대피소의 이름을 이미 알고 있다.

감옥.

link #02: 가상이거나 허상이거나

눈에 보이지 않는 위협에도 대피소는 필요하다. 고된 하루를 보내고 집에 돌아온 우리에게 필요한 것은 오직 잠이며, 뇌는 지친 인간에게 언제나 꿈이라는 사이버스페이스를 대피소로 제공해온 것처럼.

어니스트 클라인의 소설을 원작으로 하는 스티븐 스필버그의 영화 「레디 플레이어 원」에서 암울한 현실을 사는 사람들은 진짜 세계 대신 가상 세계 '오아시스'에 접속하는 편을 택한다. 가난한 십대 소년 웨이드 오웬 와츠(매우 의도적으로 지어진 그의 이름 'Wade Owen Watts'의 약자는 'WOW'다)는 억만장자였던 오아시스의 개발자 제임스 할리데이가 숨겨놓은 세 개의 열쇠와 이스터에그를 차지하기 위해 수많은 플레이어와 치열한 경쟁을 펼친다.

1980년대 대중문화와 고전 게임에 바치는 송가와도 같은 이 이야기 속에서 주인공은 다행히 해피엔드에 도착하지만, 진짜 현실에서 오아시스를 찾아 헤매는 우리가 실제로 접속하는 것은 대개 신기루다. 숏폼 콘텐츠에 절여진 우리의 뇌는 더 많고 더 자극적인 도파민 기계를 갈구하며, 종종 유튜브는 정신적 망망대해 속에서 우리가 절박하게 매달린 마지막 튜브가 된다.

이제는 하나의 밈이 되어버린, 워쇼스키 자매의 영화 「매트릭스」 속 빨간 약과 파란 약은 그래서 여전히 유효한 메타포다. 기계가 만들어낸 가상현실 속에서 우리가 실은 대피소에 있다는 사실조차 인지하지 못한 채 살아가는 것이라면? 우리가 머무는 이 디지털 대피소가 겉으로는 안락해 보일지라도 실은 거짓된 평화와 기만 위에 세워진 것이라면? 주인공 네오[새로움을 뜻하는 'neo'이자 철자를 뒤섞으면 선택받은 자 '(the) One'이 되는]가 빨간 약을 선택하고 진실의 세계로 나오는 과정이 끔찍한 고통으로 그려지는 것은 의미심장하다.

대피소의 안락함은 진실을 마주할 용기마저 앗아간다. 일터로 향하는 지하철 안에서 모든 탑승객이 작은 휴대전화 화면만을 응시하고 있는 장면은 익숙하기에 섬뜩하다. 우리에겐 정말 자유가 필요한 것일까? 우리는 정말 진실을 원하는 것일까? 이제 우리가 이 '화면 바깥'을 상상하는 일이 과연 가능하기는 한가?

link #03: 결코 집이 될 수 없는

그러나 대피소의 본질은 결국 그 임시성에 있다. 물리적이든 정신적이든 대피소란 잠시 피해 있는 곳이지, 영원히 머물 수 있는 오이코스적 공간은 아니기 때문이다. 위협이 사라지면 언제든 우리는 집으로 돌아간다.

윌리엄 골딩의 장편소설 『파리대왕』에는 핵전쟁으로 피란길에 올랐다가 비행기가 추락하는 바람에 무인도에 고립된 한 무리의 소년들이 등장한다. 이야기는 앞서 살펴본 물리적 대피소의 전형과 단계를 충실하게 따른다. 생존을 도모하다가 갈등과 다툼이 생겨나고, 그 틈 사이로 인간 본연의 야만과 폭력이 고개를 든다. 행운의 대피소였던 섬은 불행한 감옥으로 뒤바뀐다.

하지만 더 중요한 것은 결말이다. 주인공 랠프를 잡기 위해 적대자 잭과 그를 추종하는 아이들이 불을 지르는 바람에 섬에는 큰불이 일어나고, 이를 목격한 해군이 섬에 상륙하면서 아이러니하게도 이들은 구조된다. 이 엔딩의 의미는 뭘까? 소년들은 이제 더는 소년에 머물 수 없다. 그들은 이제 유동적이고 미성숙한 시기, 소년기라는 대피소를 빠져나와 성인의 세계로 구조되어야만 한다. 미성년은 임시 대피소에 불과하기 때문이다. 그리고 군함의 존재가 말해주듯, 그들이 섬을 빠져나간 뒤 마주할 '집-세계'는 여전히 폭력적인 장소일 것이다.

코맥 매카시의 묵시록적 세계관을 녹여낸 디스토피아 소설 『로드』에서 아버지와 아들은 지도 한 장을 들고 남쪽 바다를 향해 끝없이 걸어간다. 그들이 가장 간절히 찾는 것은 대피소인데, 어느 날 우연찮게도 누군가 만들어놓은 완벽한 벙커를 발견한다. 거기엔 물과 토마토, 복숭아와 콩, 통조림 햄과 위스키와 화장지 그리고 담요가 있다. 여기에 얼마나 있을 수 있어요, 아빠? 아들이 묻자 아버지는 답한다. 오래는 못 있어. 콘크리트 벙커 안에서 며칠을 행복하게 보낸 뒤 그들은 다시 길을 떠난다. 누구에게나 매력적인 대피소라면 그 이유 하나만으로 목숨을 잃을 수도 있기 때문이다. 누구도 대피소를 집으로 쓸 수는 없다.

우리와 너무 먼 이야기일까? 그렇지 않다. 코로나19 팬데믹 당시 우리는 집이라는 공간을 임시 대피소처럼 사용했고, 그 결과로 얻은 것은 안전과 평화의 감각이 아니라 오히려 집이 감옥이자 불안의 장소로 변하는 경험이었다. 집이 대피소가 되는 순간, 대피소가 집이 되는 순간, 더 큰 비극이 시작된다.

outro

어쩌면 최후의 대피소는 이야기인지도 모른다. 인간을 둘러싼 불가해한 세계에 맞서기 위해 우리가 만들어낸 질서와 의미. 이 가장 오래되고 근원적인 대피소의 이름은 바로 서사이며, 그 규모가 크든 작든 우리는 모두 이곳으로 대피 중이다. 잠자리에 들기 전 언제나 동화책을 찾는 아이처럼, 무작위로 흩어진 밤하늘의 별들을 이어 별자리를 만들어낸 고대인처럼, 혹은 불안한 밤마다 작게 빛나는 화면을 스크롤하며 타인의 이야기를 엿보는 우리처럼.

이제 거기 들어가볼 차례다. 의자를 올리고, 몸을 웅크려서.

수옥폭포 순례길

김달리

90번 폐쇄, 91번 두 명, 92번 폐쇄, 93번 세 명, 94번 폐쇄, 95번 한 명.

그래도 지난주보다는 나았다. 이제는 다시 볼 수 없는 얼굴들이 잠깐 스쳐 지나갔다. 수옥은 두 손을 맞잡아 깍지를 낀 채 떠난 이들의 명복을 잠시 빌었다. 오늘은 91번으로 가야 했다. 가는 길목은 모래 폭풍이 살벌하게 이는 곳이라 단단히 무장을 했다. 밤낮의 경계가 모호해지고 뿌리 내릴 필요가 없는 것들만이 세상을 점령한 지 오래다. 시계에 뜬 해 그림을 보고 낮이라는 걸 인지했다. 대기 중 오염 물질이 흩날려 빛의 산란과 흡수를 반복하며 장난질을 쳤다. 눈이 먼 건가? 제대로 보이는 게 없었다. 설마, 눈이 멀기야 하려고. 그러면서도 자꾸 눈가를 비볐다. 화풀이하듯 차체를 거세게 치고 가는 강풍의 공격에 차가 놀라 비명을 질렀다. 수옥은 속도를 늦췄지만, 속내는 빨리 가고 싶어 애가 탔다. 평소 도착 시간보다 다섯 시간가량 지체됐다. 예고 없이 끊어진 도로를 놓고 돌았다.

함께 팀을 꾸려 일했던 군 경찰과 의사, 설비 엔지니어가 하나둘 다른 지역을 배정받을 동안, 수옥은 혼자 남아 90번대 대피소들을 방문했다. 5인 미만으로 이루어진 초소형 대피소들은 주로 험준한 산을 지나 지진 균열로 생긴 깊은 협곡을 건넌 곳에 버려진 등대처럼 남아 있었다. 가는 길이 험해 고용된 직원과 정부 산하 직원 들이 다치거나 죽는 일이 허다했다. 수옥도 몇 번이나 죽을 고비를 넘겼다. 정부가 수옥을 잊어버린 게 틀림없다 체념하고 있을 때, 중앙 대피소들이 모인 50번대 대피소로 출근하라는 지시를 받았다. 이번 주가 마지막이다. 폐쇄한 대피소를 들러 남은 물자를 전부 다 실었다. 90번대 대피소에 물자를 재분배하려고 양껏 챙겼다. 이것으로는 부족했다. 모자란 느낌은 좀처럼 채워지지 않았다.

91번 대피소 문을 열자, 경선과 주희가 밥을 먹다 말고 뛰어와 반겨주었다. 경선과 주희는 미어캣 같다. 둘 다 미숙아로 태어나 열악한 이곳에서 어찌어찌 열다섯 해를 보냈다. 바깥을 한 번도 나가보지 못했다. 태어난 곳도 91번. 3미터 높이의 5평 남짓한 조그만 공간에서 먹고 자고 심심해했다. 애들 엄마는 세 달 전에 죽었다. 죽는 법은 어렵지 않았다. 마음만 먹으면 누구나 가능했다. 바깥문을 열고 나가기만 하면 되었다. 그럼 들끓는 오염 물질로 가득한 대기가 살아 있는 것들을 가만 내버려두지 않는다. 칼을 든 폭군처럼 다가와 단번에 목숨을 끊어버린다. 갈라진 틈 사이로 폭발하듯 터진 검은 연기는 땅 밑에서부터 올라와 순식간에 대기를 점령했다. 처음엔 원전 사고가 난 것이라 추측했으나 그것은 수천 년 동안 갇혀 있던 고농도 황화수소였다. 지진으로 밀폐된 암반층이 파열하며 한꺼번에 분출한 것이다. 검은 연기에 노출된 인간은 대개 서너 시간 안에 사망에 이른다.

수옥은 여자의 시신을 보디 백에 넣은 뒤, 대피소의 유일한 동그란 창문 너머에 잘 보이게 두었다. 십자가는 경선과 주희가 직접 만들었다. 커터 칼로 나무를 자르고 모양을 내고, 색칠하는 일련의 과정들을 신나게 작업했다. 몰두하다 보면 어느새 슬픔을 잊어버리는 모양이었다. 한 달간의 작업이 끝나고부터 경선과 주희는 수옥에게 나무나 패널, 종이, 무엇이든 좋으니 재료를 더 구해달라 했다. 나무를 제일 좋아하는 것 같았으나 나무는 점점 구하기가 어려워져 버려진 천 따위를 주로 챙겨다 줬다.

그렇게 쌓인 두 달 남짓한 작업물은 대피소 내부를 풍요롭게 바꿨다. 고서에서 봤던 석기시대 동굴 속 선조들의 그림과 기호처럼 신비로웠다. 밥을 먹고 왔다고 했지만, 아이들은 손님 대접을 소홀히 하지 않았다. 커다란 냄비에 가득 담긴 빨간 수프, 듬성듬성 썰어 넣은 감자와 고기가 먹음직해 보였다. 분자를 합성한 화학물질이 주재료인 비상식량인지라, 인공적인 맛이겠지만 모처럼 군침이 돌았다. 수옥이 수저를 들자 아이들은 기다렸다는 듯 대화의 물꼬를 트며 쉼 없이 재잘거렸다. 귀에 착착 감기는 말소리에 수옥은 저도 모르게 미소를 짓고 말았다.

"쌤, 신우가 90번으로 놀러 오라는데 아무래도 나가려면 죽음을 감수해야겠죠?"

"그렇겠지. 그럼 나야 편하지. 너희 둘 다 죽으면 여기 안 와도 되고."

"에이, 쌤. 보고 싶어서 안 죽을 거예요. 지금도 일주일에 한 번만 보는 거 너무 아쉬워요. 매일 보고 싶어요."

아이들은 감정 표현에 항상 투명하다. 평생 마주친 사람이 다섯 손가락 안에 들기 때문에 굳이 감정을 숨길 필요성을 느끼지 못했다. 주희는 지난해부터 90번 대피소 신우와 펜팔을 하고 있었다. 전서구 노릇을 하는 건 당연히 수옥이었다. 다른 곳에 사는 사람들을 항상 궁금해했던 터라 수옥이 먼저 두 사람을 이어주었다. 주희의 언니 경선은 편지 쓰기보다는 그림 그리기를 좋아해 종이에 그림을 그려 넣어 수옥에게 주곤 했다. 수옥은 다른 대피소 사람들에게 경선의 그림을 선물하기도 했지만 그림이 쓰레기통에 버려진 것을 본 이후로는 아무에게도 그림을 주지 않고 책상 서랍 속에 잘 간직했다.

"신우는 잘 있어요? 요새 답장이 늦어요. 제가 안 놀러가서 삐진 거 맞죠?"

주희의 물음에 수옥은 신우가 잘 지내지만 요즘 기분이 별로 좋지 않은 것 같다고 둘러댔다. 왜 좋지 않냐고 물어오는 주희의 끝없는 질문에 경선이 딱 잘라 말했다.

"남자애들은 너처럼 끈질기게 질척거리는 여자 싫어한대."

"누가 그래?"

경선이 손에 든 책을 흔들었다. 『남자를 사로잡는 99가지 유혹법』이라는 책 제목에 수옥은 피식 웃었다. 구호품 중 낡은 책들을 무작위로 대여섯 권씩 배포할 때가 있는데 그때 들어온 것 같았다. 수옥은 그런 책은 배울 게 없다며 주희 편을 들었다. 사랑과 관심은 인간에게 꼭 필요한 덕목이라고 말해주었다. 주희가 수옥의 어깨에 기대왔다. 정수리에서 마른풀 냄새가 났다. 고작 열다섯 해를 산 이 애들을 떠날 생각을 하니 상처에 소금을 뿌린 것처럼 벌써부터 속이 저려왔다. 아팠다. 이별은 조금도 낯설어지지 않았다.

수옥은 아이들의 열을 재고 주삿바늘을 찔러 기본 검사를 마쳤다. 주희에게 약간의 미열이 있고, 장이 약한 경선은 설사기를 보였다. 크게 걱정할 건 아니었다. 둘 다 병치레가 잦았지만, 큰 이상 없이 잘 커서 수옥은 엄마가 된 것처럼 대견하고 뿌듯했다. 밤새 조잘조잘 떠들고 잠든 애들을 내려다보다 눈물을 훔쳤다. 상비약도 넉넉히, 식량도 넉넉히, 아이들이 좋아하는 활동을 할 수 있게 종이와 옷가지들도 넉넉하게 쌓아뒀다.

"엄마는 저기서 행복할까요?"

수옥이 있으면 아이들의 잠은 가벼워진다. 이른 새벽에 갈 채비를 하는 수옥에게 경선이 말간 얼굴로 물었다. 좀 전까지 코 고는 소리가 요란했는데 언제 깬 거지? 수옥은 경선의 예쁜 이마에 살짝 입맞춤을 했다. 아이들의 엄마가 살아 있을 때 자주 하던 애정 표현이었다.

"너희들이 잘 살고 있는 한 행복해."

"우리가 잘 살고 있어요?"

"응."

수옥은 작별 인사를 하려다가 목이 메었다. 대신 다른 말을 해버렸다.

"주희 깨면 전해줘. 신우 50번으로 갔어. 그래서 편지를 못 전해줬어. 너희도 곧 50번으로 갈 거야. 그러면……"

"다시 만날 수 있죠."

경선의 대답에 수옥은 천천히 고개를 끄덕였다. 중앙 본부와 연결된 대형 대피소가 있는 50번대를 모두가 가고 싶어 했다. 마치 오래된 전설처럼 뿌리가 내려 50번대 대피소에 가면 갖가지 호화로운 음식과 무도회장이 있고, 많은 사람과 교류하며 즐기는 다양한 클럽이 있다고 모두가 믿었다. 입소자가 50번대로 이동할 수 있는 방법은 없었다. 수옥처럼 의료진이거나 야외 활동을 마음대로 할 수 있는 인공 폐를 단 트랜스 휴먼이어야만 가능했다. 90번 대피소에 있던 신우는 지난주에 죽었다. 수옥이 다른 대피소로 발령되어 떠난다고 작별 인사를 하고 난 직후에 신우는 바깥으로 나갔다. 내 탓일까? 내 탓이다. 수옥은 수십 번을 떠올린 질문에 같은 대답을 했다.

수옥이 차로 가는 동안 경선이 작은 창에 손을 흔들었다. 또 빨리 와요, 안녕, 사랑해요, 보고 싶어요, 쌤! 하는 목소리가 귓가에 윙윙 울리며 따라붙어 발목을 잡았다. 그러나 갈 길이 멀어 뒤에 남겨두고 온 것들을 잊었다.

93번 대피소로 가기 위해선 부지런히 밟아도 스무 시간은 걸렸다. 오늘의 대기는 오렌지빛이다. 연소된 유기물과 이산화질소와 나쁜 것들이 결합해 만들어낸 작품이다. 모처럼 희끄무레하게 뜬 해가 보였다. 계속해서 같은 풍경이 이어지고 둔감해진 뇌가 졸음을 내렸다. 운전대를 잡은 손이 느슨해지자, 차량은 자율주행 모드로 매끄럽게 전환했다. 지도를 잘 보지 못해 길을 헤매기 일쑤인 수옥보다 더 빠른 길을 알지만, 운전자의 성미를 파악한 인공지능은 노선을 바꾸지 않았다. 잠든 수옥의 뺨 위에 밤사이 흐른 투명한 눈물 자국이 길게 났다. 수옥은 경선이 자신의 눈물 자국을 봤다는 사실을 꿈에도 알지 못했다.

  수옥은 차량 내 인공지능의 권고에 따라 충전 허브에 들렀다. 차량을 충전하고 휴먼 인터페이스실로 들어가 늘어선 충전 모듈 중 하나를 선택했다. 쇄골 밑 부근의 동그란 포트에 충전 선을 연결하는 일은 도무지 익숙해지지 않았다. 충전기가 연결될 때 닿는 미세한 전류에 어깨가 부들거렸다. 옆에 있던 다른 트랜스 휴먼이 그런 수옥을 보고 가볍게 웃었다. 마치 어제 들어온 어수룩한 신참을 깔보는 것처럼 느껴져 수옥은 쓸모없는 변명을 했다.
 "코드에 녹이 슬었나 봐요."
 "왜 이런 건 내부 칩으로 자동 충전 같은 게 안 되나 몰라요. 포트 연결을 하다가 오줌 싸는 사람도 봤어요."
  환하게 웃으며 맞장구를 쳐주는 남자에게 수옥은 단번

에 호감이 갔다. 남자도 옆자리에 앉아 수옥과 같은 부근에 코드를 꽂았다. 그 순간 총기 난사라도 당한 것처럼 온몸을 과장스럽게 흔들어대는 남자의 재롱에 수옥은 터지려는 웃음을 참기 힘들었다. 어금니를 꽉 깨물어 최대한 잇새에 웃음이 흘러가지 못하도록 했지만, 두 눈에 흐르는 눈물까지는 막지 못했다.

"진짜 코드에 녹이 슬었나 봐요."

수옥이 가볍게 고개를 끄덕거렸다. 머리털이 없고 두피가 있어야 할 자리는 합금으로 덮인 남자의 머리는 망치로 내리쳐도 끄떡없을 것 같았다. 수옥의 팔보다 두 배는 두꺼워 보이는 왼팔은 각종 버튼과 장치로 뒤덮여 있었다. 수옥이 숨김없이 남자의 외양을 관찰하자, 남자는 대피소 철거 일을 맡고 있다고 자신을 소개했다. 80번에서 100번까지.

수옥은 마지막 말에 미소를 거두고 아무렇지 않은 척 물었다.

"할 만한가요?"

"나쁘지 않아요. 일은 반나절이면 끝나요. 트럭에 쓰레기와 자재를 싣고 본부로 보내면 끝이거든요. 그런데 음…… 아직 사람이 살고 있으면 고역이에요. 나는 명령대로 철거를 할 수밖에 없어요. 그들이 원하는 만큼 시간을 줄 수가 없거든요. 폐쇄가 결정된 대피소에 가본 적 있어요? 물자 지원은 끊겼고 배는 고프니까 남은 사람들이 시체를 파먹기도 해요."

"남은 사람들은 어떻게 하죠?"

"사람이 아니에요. 이미 그들은 생존 욕구만 남은 동물에 가까워요. 외부 차단 막 레버를 당겨요. 그다음은."

그다음은 말하지 않아도 잘 알지 않느냐는 표정으로 수옥에게 윙크를 했다. 보통 인간이라면 오염된 대기에서 한 시간 이상을 맨정신으로 버티기 힘들었다. 소수의 인간들을 제외한 가난한 사람들은 휴대용 산소 탱크보다 비싼 특수 방독면을 구할 수 없었다. 대부분의 사람은 외부 오염을 피하기 위해 다층 처리 된 에어로크 시스템을 갖춘 대피소에 갇혔다. 그의 잘못이 아니었다. 수옥처럼 맡은 일을 하는 것뿐이었다. 하지만, 지난주에 폐쇄한 담당 대피소에 살던 사람들마저 그의 손을 거쳐 죽었을까 봐 겁이 났다. 금방 공포에 질려버린 수옥은 비난조로 말했다.

"대피소를 가스실로 만들다니. 악마나 할 법한 짓을."

"선생님은 현장에 뛰어들 때 24단계 현장 적응 훈련을 받지 않았나요?"

수옥은 대답하지 않았다. 대신 주먹으로 남자의 머리를 내리쳤다. 합금으로 만들어져 조금의 타격도 받지 않은 것 같지만. 탕탕탕. 남자가 뭔가를 알았다는 듯 빙그레 웃었다.

"90번대 담당이군요. 당신한테서 미미한 알코올 냄새가 나네요. 간호사?"

왜 누구는 선택을 받아 인공 폐로 삶을 유지하고, 누구는 평생을 대피소에서 나고 자라 죽음을 면치 못하나. 작별 인사를 하지 못하고 도망치는 수옥과 뒤처리를 하는 남자의 처지는 다를 게 없었다. 100번대 대피소가 없어진 것처럼 얼마 남지 않은 90번대 대피소들도 점차 사라질 것이다. 90번대에 남겨진 사람들의 미래를 알고 있지만, 수옥은 다른 수가 있을 것이라 막연한 희망 회로를 돌렸을 뿐이다. 어쩌면 남자보다 더 비겁했다. 연민은 하지만 구하지는 못했다. 올바른 이별도 하지 않았다.

"길이 아닙니다. 경로 이탈. 잠시 심호흡을 하고 쉬어 가는 게 어떨까요?"

차량 내 인공지능이 제안했다.

"호흡? 나는 호흡할 필요 없어. 너랑 같은 종이야. 로봇이라고. 그러니까 입 닥쳐."

수옥은 남자가 탄 트럭을 놓칠까 봐 조바심을 내며 속도를 높였다. 저 남자가 지금 91번으로 가는 것 같다. 수옥은 목적지를 설정했다. 경선과 주희. 수옥의 천사들이 있는 곳으로.

길을 잃었다. 도착한 곳은 화산재가 뒤덮인 산자락이었다. 인공 폐를 달았어도 필터가 한계치에 다다랐는지 빨간 경고등을 울리며 빨리 차로 돌아가라 일렀다. 기침이 나고 콧물이 줄줄 흘렀다. 눈가가 따가웠다.

"이게 어떻게 된 거야?"

수옥은 분명 자신의 물음을 들었음에도 대답 없는 차의 옆구리를 두 번 발로 찼다. 현대 기술의 힘을 빌려 유연하고 아름다운 카본으로 만들어진 다리가 사이드미러를 부쉈다.

"대답해!"

다시 악을 써도 차는 심통을 부리듯 요지부동이었다. 참을 수 없이 성질이 났다. 보닛과 범퍼를 폐차 수준으로 찌그러뜨렸다. 충전 허브에서 남자의 차량을 뒤쫓아 출발한 지 여섯 시간이 흘렀다. 계산대로라면 한 시간 뒤 남자는 91번 대피소를 폐쇄할 것이다.

늦었다. 그것도 된통.

수옥은 혼자 악을 쓰다 지쳐 화산재가 이불처럼 깔린 바닥에 드러누웠다. 눈이 매웠다. 눈이 금방이라도 멀어버릴 것처럼 쓰려 또 눈물이 났다. 상관없었다. 내년이면, 안구와 심장은 유기 조직의 흔적을 지우고 최신형 로봇 부품으로 교체될 것이다. 그러면 부친이 지어준 권수옥이라는 이름 대신 로봇 심상의 일련번호를 딴, NS로 시작하는 그럴듯한 이름을 갖게 된다.

그래도 수옥폭포의 이름을 딴 수옥을 버리기는 싫었다. 동네에는 같은 이름을 가진 여자애들이 여럿 있었다. 그 어느 가뭄에도 수옥폭포의 물은 한 번도 마른 적이 없었다. 시원한 물줄기 아래 수옥이들이 모여 신나게 물장구를 치던 여름낮이 스쳐 지나갔다. 권수옥이가 간호사가 됐어, 이제부터 얘가 진짜배기 수옥이야. 간호대를 졸업하고 대학 병원의 정식 출근을 앞둔 날 부친이 동네 사람들을 불러다가 수옥폭포 아래서 거나하게 취한 밤도 생각났다. 어른들의 성화에 급하게 넘긴 막걸리가 체했나, 풀밭에 앉아 어지러운 머리를 쥐어뜯으며 목구멍에 손가락을 집어넣으려는 찰나에 커다란 무언가가 수옥의 귀를 찢었다. 방금까지 들리던 어른들의 술주정 대신 굉음이 울렸고 대지가 진동하며 하늘과 땅이 뒤집혔다. 페이지가 뭉텅이로 사라진 책을 덮는 것처럼 기억은 언제나 거기에서 멈췄다. 볼 거라고는 수옥폭포뿐인 작은 산촌에서 살아남은 사람은 236명 중 단 한 명, 수옥뿐이었다.

 수옥은 차근차근 뛰고 있는 왼 가슴에 손을 올려보았다. 끈질기게 뛰는 심장은 언제 멈추려나. 지금 길을 찾아 91번으로 간다면 경선과 주희를 구할 수 있나? 늦었다. 가장 빠르고 튼튼한 다리를 가졌음에도 수옥은 팔다리가 잘린 것 같은 착각이 들었다. 애들을 구하는 건 맡은 업무가 아니었다. 수옥은 일어나 차에 탔다. 93번 대피소의 방문도 예정보다 늦어 다들 목이 빠지게 수옥을 기다리고 있을 것이었다. 93번에는 중년 커플과 폐 기능이 다해 숨을 헐떡거리는 노파가 살고 있다. 93번 대피소를 목적지로 설정하자, 계기판이 점등하며 차량 속에 꼭꼭 숨어 있던 인공지능이 나타나 말했다.

 "잘 생각하셨습니다. 원하신다면 가장 빠른 길로 안내하겠습니다."

2

　노파의 기침 소리가 예사롭지 않았다. 목젖에 기계가 들어간 게 아닐까 싶을 만큼 쇳소리 섞인 기침이 크헉 하고 나왔다. 그럴 때마다 수옥 혼자서만 화들짝 놀라 노파의 상태를 살폈다. 중년 부부 중 아내가 일어나 노파의 어깨와 팔을 쓸어내렸다. 그들은 대재앙이 일어나기 전, 함께 살던 이웃이었다. 정확히는 노파가 1층 단독주택에 홀로 살았고 부부가 2층에 세 들어 살았다. 부부는 금실이 좋을 때도 나쁠 때도 있지만, 텐트 하나에서 같이 나오는 걸 보니 지금은 좋은 모양이다. 남편은 수옥에게 기다리느라 목이 빠지는 줄 알았다며, 지난주에 수옥이 다녀간 후 대피소에 일어난 일들을 떠들었다. 남편은 친어머니도 아닌 노파를 극진하게 모셨다. 지난주에 노파가 피 섞인 기침을 두 시간 동안 했지만, 해줄 수 있는 게 없어서 답답했다고 말했다. 수옥이 와도 처치해줄 수 없는 건 피차 마찬가지였다. 이제 곧 백 살을 바라보는 노파는 너무 오래 살아서 면목 없다고 수옥을 보면 항상 사과부터 했다. 수옥은 노파의 체온을 재고 비타민과 포도당이 든 수액을 놓아주었다.

　"할머니, 많이 아프세요? 진통제도 좀 놔드릴까요?"

　대답 대신 거친 호흡이 돌아왔다. 쉭쉭거리는 소리가 죽여달라고 말하는 것 같았다. 아내가 수옥의 어깨를 콕콕 찌르며 손짓했다. 텐트 안으로 따라 들어가자, 대뜸 언제 떠날 거냐고 물었다. 가장 빠른 길로 왔지만, 중간에 심한 삽질을 한 탓에 한 시간밖에 체류할 수 없었다. 수옥이 대답을 못 하고 우물거리자, 입꼬리가 내려간 아내는 그럴 줄 알았다며 말했다.

"그러면 할머니를 보내고 가야 해. 그 정도는 해줄 수 있지?"

수옥이 아내의 말을 이해하지 못하고 멀뚱히 바라보자, 아내가 수옥의 손을 잡아왔다.

"할머니 여태 버틴 거야. 자네 오면 떠나려고 기다린 거라고. 우리한테 피해 주기 싫으니까. 오죽 깔끔하셔야지."

대피소에서 죽은 사람들을 심심찮게 보았다. 사체 처리 담당이 아니었으나 밖을 마음대로 돌아다닐 수 있는 사람은 수옥뿐이었다. 제때 처리하지 않으면 대피소 내부에 악취가 진동하고 전염병이 돌 수도 있었다. 세 달에 한 번 중앙 본부로 들어갈 때 되는대로 집어 온 보디 백은 항상 부족했다. 트렁크에 여분의 보디 백이 있나 생각하다가 수옥은 고개를 저었다.

"아직 돌아가시지도 않았는데 뭘 어떻게 하자는 거야?"

"우리가 신호를 보내면 할머니가 알아서 나갈 거야. 길바닥에서 썩다가 지나가는 사람들을 놀라게 하고 싶지 않대. 잘 처리해달라셔."

"밖에 지나가는 사람들이 어디 있어?"

"그래도…… 부탁해."

수옥은 판단이 잘 서지 않았다. 마치 죽을 날이 가까워 오자 노인을 지고 산에 오르는 고려장처럼 배덕하다 여겼다. 텐트 밖에서 들려오는 남편의 외침에 두 사람이 밖으로 나갔다. 노파가 금방 숨이 넘어갈 듯 힉힉거리자 남편이 수옥을 부르며 뭐라도 해보라고 말했다. 수옥이 노파의 상체를 세우려고 하자, 노파가 팔을 들어 수옥을 밀쳤다. 예상하지 못한 악력에 수옥은 힘없이 나가떨어졌다. 노파가 눈을 부릅뜨고 출입구를 보았다.

"안 돼요!"

수옥이 달려가고 부부는 이미 결심한 듯 노파의 움직임을 가만히 지켜보았다. 몇 걸음 걷지 못하고 쓰러진 노파를 부축하자, 작은 목소리가 들려왔다.

"사람답게 죽게 해줘요."

겨우 내뱉은 말에 담긴 단단한 결의에 놀란 수옥이 노파를 바라보았다. 검은 눈동자 속에 박힌 자신의 모습이 생경했다. 피곤에 찌든 얼굴이 거기 있었다. 작은 몸싸움 끝에 수옥은 간신히 노파를 의자에 앉혔다.

"당장 죽는 것도 아니잖아요."

"내일 죽으면 내 시체 거두어주러 돌아올 거요?"

"그럴게요."

수옥의 거짓말을 금방 눈치챈 노파가 다시 고통스러운 기침을 해댔다. 보란 듯이. 이렇게 힘들어 죽겠는데 겨우 수액이나 주면서 살라 하는 것이냐고 시위하듯이. 수옥은 부부에게 시선을 던졌다. 정말 그렇게 보고만 있을 거냐고 눈으로 물었다.

"나도 죽고 싶어! 우리더러 뭘 어쩌라는 거야. 이미 우리도 반쯤은 썩은 몸이야. 당신은 몰라. 여기서 평생 죽을 거라고. 여기가 감옥이야!"

남편이 다가와 수옥의 어깨를 거세게 흔들었다. 남편이 흥분할수록 수옥은 더 차가워졌다.

"바깥도 감옥이야. 착각하지 마. 전체가 다 감옥이야."

"거짓말!"

이번엔 아내가 소리쳤다.

"그러면 바깥에 뭐가 있을 거라고 생각해?"

"그런데 너는 왜 점점 좋아져? 우리는 언제 죽을까 횟집 물고기처럼 떨고 있는데 너는 여기저기 돌아다니며 좋은 건 다 보고, 찌꺼기만 들고 와서 우리보고 좋아하라고 강요하잖아. 이딴 쓰레기 같은 것들!"

아내의 손에 들린 것은 천 조각이었다. 경선이 그린 그림. 하늘을 나는 자매의 등에는 커다란 날개가 달려 있다. 뿌옇게 처리된 해, 온통 빨간 배경, 그리고 별처럼 반짝이는 전구들. 세상이 무너지기 전, 하늘이 있었고 거기에 별들이 박혀 있었다고, 해는 이글이글 타올라 우리가 감히 바라볼 수 없었다 전했던 수옥의 말을 기억해뒀다가 나름대로 상상한 세계였다. 경선의 그림이 아름다워 수옥은 93번 사람들에게 선물했었다.

"하지 말아요."

그러나 휴대용 라이터를 켜자 천 조각은 금세 쪼그라들고 말려들어 갔다. 때맞춰 스프링클러가 작동해 인공 비가 쏟아졌다. 노파가 연기에 질식할 듯 기침을 뱉었고 남자가 잿더미가 된 천 조각을 쓰레기통에 넣었다. "볼 때마다 기분이 나빴어." 남편의 말에 아내가 맞장구를 치며 물었다. "얘네 아직 살아 있어? 진작 뒈졌지?" 하고.

노파의 기침에 전염된 듯 수옥이 한바탕 어깨를 들썩이며 기침을 했다. 어떻게…… 어떻게 그렇게 말할 수 있나. 어떻게 그림을 태워버릴 수 있나. 수옥은 돌연 출입문 쪽을 바라보았다. 바깥으로 나가려면 에어로크 커버를 열고 레버를 당기기만 하면 되었다. 그러면 그들이 바라는 대로 이 지옥에서 탈출시켜줄 수 있다. 수옥이 거칠게 노파를 잡아당겼다.

"좋아요. 원하는 대로 해드릴게요."

노파가 수옥의 손을 쳐냈다. 그렇게 밖으로 데려가달라고 할 땐 언제고, 온몸으로 거부하는 저항의 몸짓은 다 무엇인지.

"이렇게 막무가내는 안 돼. 작별할 시간을 줘요."

"다 준비된 거 아니었어요?"

수옥의 목소리가 높이 올라갔다. 화가 잔뜩 나서 당장 노파를 바깥으로 내던지고 싶었다.

"준비해도 어렵다."

노파가 애원하며 문으로 가길 꺼렸다. 그럴수록 수옥은

원인을 알 수 없는 화가 치밀었다. 무슨 작별 시간? 웃기고 있어. 대부분은 예고 없이 죽음을 맞았고, 그의 자손들도 이미 그랬겠지. 백 살까지 살아놓고는 자신의 죽음을 슬퍼할 시간까지 갖겠다고? 어림없지. 출입구 첫번째 문을 열었다. 그리고 두번째 문을 열었다. 압력이 0에 수렴하는 진공 차단 구역이다. 세번째 문을 열면 노파는 외부 오염에 노출된다. 노파가 수옥의 팔뚝을 쥐어뜯으며 고개를 흔들었다. 중년 부부는 자신들에게도 언젠가 닥칠 미래를 차분하게 지켜봤다. 아무래도 작별 인사는 노파에게만 필요했던 모양이었다.

세번째 문의 버튼을 누르려는 순간, 바깥에서 문이 열렸다.

"여기 있었군요."

철거 일을 하는 남자였다. 남자는 노파와 실랑이를 벌이는 수옥을 향해 싱긋 웃었다. 꽤 오래전부터 알고 지낸 사람처럼 친근하게 굴었다. 수옥이 굳어 있는 순간, 노파는 재빨리 대피소 안쪽으로 달아났다. 남자는 왼팔을 내밀며 악수를 청했다. 여섯 손가락, 인간의 손보다는 거미의 다리를 닮은 손을 맞잡자 땀이 났다.

"도와줄까요?"

"내 일이니 신경 꺼요."

"네."

"그보다 어디에서 오는 길이에요?"

"91번요."

수옥의 두 무릎이 꺾였다. 하늘은 원래 무심하다. 낙담할 것도 없었다. 그런데도 한줄기 증오심이 무럭무럭 피어났다.

3

텐트에 들어간 노파는 잠잠했다. 숨넘어가는 거친 호흡은 여전했으나 폭발할 듯한 기침은 어떻게 참아내는지 들리지 않았다. 중년 부부가 수옥에게 다가와 남자의 정체를 물었다. 남자는 여느 90번대 대피소와 전혀 다를 것 없는 93번 대피소 내부를 구석구석 살피고 흥건한 바닥의 물기를 말없이 걸레로 닦았다. 그리고 빈 텐트를 살피며 주인이 있는지 물었다. 주인이 없다는 걸 알자, 그 안에 들어가 누워 코를 골기 시작했다. 노파의 기침만큼 요란한 코골이였다. 수옥은 시간을 확인했다. 본부에 연락해 일정이 늦어졌음을 알렸다. 한 치 앞을 알 수 없는 모래 폭풍 때문이라고 둘러댔지만 믿지 않는 눈치였다.

"본부로 오실 필요 없습니다. 80번대 폐쇄를 진행 중입니다. 각 대피소를 들러 남은 물자를 수거해 오세요."

"80번대 담당자는요?"

수옥이 물었지만 연결은 끊겼다. 바쁘게 움직이던 일정이 느슨해졌다. 부부는 불청객의 왼팔이 꼭 공격을 위한 개조물처럼 보여 무섭다고 했다. 빨리 데리고 나갈 수 없냐고 수옥에게 물었다. 이제 노파의 고귀한 죽음 같은 건 관심 밖이었다. 그들은 남자가 잠든 텐트 주위를 돌면서 무기가 될 만한 것을 찾기 시작했다. 그러나 대피소에 무기라고는 작은 가위뿐이었다. 날이 무뎌서 포장지 하나 제대로 자를 수 없는 것이었다.

"잘 몰라. 여기를 지나가다가 우연히 마주쳐서 몇 마디 나눴어."

"무슨 얘기? 뭘 하는 사람인지 알아야겠어. 그러니까 빠짐없이 말해봐."

수옥이 사실대로 말하면 그들은 금방 공포에 질릴 것이다. 수옥은 말을 지어내려고 머리를 굴렸다. 입술만 바짝바짝 마르고 입이 떨어지지 않았다. 평소와는 다른 수옥이 그들에게는 더 수상해 보였을 것이다. 한패라 여겼을 수도 있다. 순순하게는 아니어도 노파의 결정에 최대한 협조할 거라 믿었기에 수옥의 태도에도 의문을 품었다.

"당신, 사람 죽일 수 있어?"

가위를 든 채 떨고 있는 남편에게 아내가 물었다.

"해볼게."

"그거로는 안 돼."

"여보 나 봐. 우리가 죽기 살기로 덤벼야 돼. 수옥이가 도와줄 거야. 그렇지?"

수옥은 자리를 피했다. 피한다고 해봐야 이 좁은 공간에서 갈 수 있는 곳은 조리대 근처뿐이었다. 선반 아래 소형 냉장고에 든 고기 패티는 겨우 세 장뿐이고, 먹다 남은 빵이 잇자국대로 잘려 접시에 지저분하게 놓여 있었다. 계란은 충분했다. 적어도 일주일은 먹을 수 있는 양이었다. 수옥은 바깥으로 나갔다. 93번 대피소에 나눠줄 요량으로 미리 계산해둔 트럭 속 비품과 식량을 카트에 옮겨 담았다. 내내 가위를 들고 불청객을 제거할 방법을 찾던 남편이 수옥이 가져온, 평소 배급량의 두 배를 상회하는 보급품을 보더니 반색을 했다. 함께 일사불란하게 비품을 정리했다. 아내는 남편에게 넘겨받은 가위를 바지 주머니에 꽂고 불청객의 텐트를 빙글빙글 돌면서 갸웃거렸다. 의문은 확신으로 바뀌었다.

"선생님, 다음 주에 안 와?"

"응."

수옥의 솔직한 대답에 아내는 물론, 텐트 안에 숨어 있던 노파마저 고개를 내밀었다. 수옥은 노파가 원했던 작별 의식을 하기로 했다.

"다른 곳으로 발령이 났어요. 중앙 대피소가 있는 곳으로요."

"그럼 우리는?"

침묵이 흘렀다. 중년 부부와 노파는 심판대 위에 선 미물처럼 오들오들 떨었다. 누군가가 꼴깍 침을 넘기는 소리가 유난히 크게 들렸다. 먼저 시선을 피한 수옥이 몸을 돌려 오늘 저녁 메뉴가 뭐냐고 말을 돌렸다. 마지막이니 맛있는 걸

해주겠다고 수옥은 일부러 분위기를 띄우려 했지만 그럴수록 공기에 추를 단 것처럼 분위기는 더 무겁게 침잠해갔다.

　남편이 다가오는 소리에 고개를 돌리자마자, 수옥의 눈앞이 핑 돌고 사물이 흔들렸다. 남편의 주먹질에 구석으로 날아간 것을 수옥은 한참 만에 깨달았다. 정신을 차릴 새도 없이 다시 주먹이 얼굴을 향해 내리꽂혔다. 아내가 비명을 지르며 남편을 말렸지만 역부족이었다. 연달아 쏟아지는 폭행에 수옥은 정신을 차릴 수가 없었다. 치아가 흔들리고 턱뼈가 부서진 것처럼 아팠다. 두 팔을 들어 가드를 올렸지만 소용없었다. 남편의 발차기에 옆구리가 채어 신음조차 나오지 않았다. 숨을 내뱉기도 힘들어 수옥은 배를 부여잡고 바닥을 굴렀다. 공격이 멈춘 줄도 몰랐다. 가까스로 신음을 터트리며 고개를 들어 눈앞에 늘어진 남편의 얼굴을 의아하게 바라봤다. 아내가 새된 비명을 지르며 남편을 품에 안았다. 먹빛의 눈동자가 부부와 수옥을 위압적으로 내려다보고 있었다.

　"죽인 거야? 왜 죽였어요!"
　"안 죽었어요. 잠깐 기절시킨 거예요."
　남자가 차분하게 말했다. 아내는 남편의 코 밑에 손가락을 대어 숨결이 남아 있는지, 심장이 뛰는지도 확인했다. 눈물을 쏟고 콧물까지 흘리며 남편의 이름을 불러댔다. 남자는 수옥에게 손을 뻗었다. 수옥은 다시 그 거미 다리 같은 손을 잡아 일어났다.

"간호사님도 충격기 갖고 있잖아요. 왜 안 써요?"

트랜스 휴먼에게는 자신을 지킬 수 있는 호신용 칩이 내장되어 있다. 쇄골 밑 충전 장치를 누르면 피부 위로 6만 볼트의 전류가 흘러, 잠깐 스치는 것만으로도 사람을 기절시킬 수 있다고 했다. 수옥은 그런 게 있다는 것은 알았지만, 실전에서 써본 적이 없었다. 우리 남편 어떡할 거냐는 아내의 항의에 남자는 똑같이 해주길 원하는 거냐고 되물었다. 아내를 입 다물게 하는 데 아주 효과적인 협박이었다. 남자는 수옥의 찢어진 얼굴에 드레싱을 해주었다. 거친 동작이었지만, 수옥이 미간을 찡그릴 때마다 아프냐는 물음과 함께 손길은 점차 침착하고 섬세해졌다. 표정이 없는 남자의 얼굴을 마주하며 수옥은 그가 정말 91번을 '처리'했는지 묻고 싶었다.

"여기도 폐쇄 결정이 났어요?"

"네. 내가 빠른 건지 수옥 씨가 느린 건지 모르겠어요. 90민대 담당이면 벌써 끝났어야 하지 않나요?"

"내 이름을 어떻게 알아요?"

남자가 속을 알 수 없는 미소를 지었다. 웃음이 번지자 모든 얼굴 근육이 말리고 둥글어지며 개구쟁이처럼 인상이 바뀌었다. 상대를 한 번에 무장 해제 시키는 해사한 미소였다.

"91번 애들한테 들었어요. 선생님을 아냐고 묻더라고요."

"91번 대피소를 처리했나요?"

"악마나 할 법한 짓을 했냐고 묻는 것이라면, 그렇습니다."

수옥은 울고 싶었다. 아니다. 가위를 들고 그에게 복수하고 싶었다. 수옥의 심정을 알 리가 없는 남자는 계속 말을 이어 나갔다. 악마나 할 법한 일이라 비난받았지만, 남자는 정확한 매뉴얼을 따르고 있으며 자신에게 곧 죽임당할 사람들을 연민하는 마음도 갖고 있었다. 그래서 남자는 평소에 굳이 내부를 살피지 않았다. 안쪽에 사람이 얼마나 있는지는 알 필요도 없었고(어차피 5인 미만이겠거니 했다), 그들의 기구한 사연 역시 알고 싶지 않았다. 그러면 마음이 약해질 테니까.

91번에 도착하자마자 가장 눈에 들어온 건 인근에 놓인 십자가였다. 희뿌연 대기 중에도 그것은 눈에 잘 띄었다. 빨간색 가짜 보석들과 빼곡한 그림의 디테일들, 수십 개의 꽃이 그려져 있었고, 십자가 세로대 끝에는 봉긋 솟아오른 사람의 얼굴이 조각되어 있었다. 눈, 코, 입이 새겨져 있으나 생전 사람의 얼굴을 본떠 만든 것이라기에는 서툰 실력이었다. 그런데도 십자가는 남자의 마음을 흔들었다. 조악한 미술품이라 치부하기에는 만든 이의 진심이 담겨 있었다. 한참 십자가를 구경하다가 문득 고개를 돌리니 91번 대피소의 작은 창이 보였다. 자신이 등장한 이후 줄곧 그 안에서 손을 흔들고 있던 소녀 둘과 조우했다.

"무시했더라면 더 좋았을 겁니다. 대피소 사람들은 대체로 내가 해줄 수 없는 것들을 요구했으니까요. 그럼에도 내부로 들어간 건 수옥 씨 말이 계속 뇌리에 남아서였습니다.

내가 정말 악마인가, 하는 의문이 들었거든요. 그럴 리가 없는데, 이렇게 힘없는 악마가 다 있나, 매뉴얼을 따르지 않으면 깡통 로봇으로 만들어버리겠다는 협박을 매일 들으며 사는데 말이에요. 난 수옥 씨와 달리 하청인의 하청인일 뿐입니다. 오지에 떨어진 초소형 대피소들만큼이나 하찮은 존재예요. 2차 재난 때 정신을 잃고 깨어나 보니 몸이 이렇게 되어버렸어요. 내 의지가 아니었고 변환된 부분의 수술비는 빚으로 남아 아직도 갚고 있습니다. 원래는 학원에서 애들을 가르쳤습니다. 20년 전 얘기지만요. 수옥 씨도 그렇겠지만, 두번째 삶에 적응하느라 죽을 고비를 여러 번 넘겼어요. 사랑하는 사람들을 보냈고요. 스스로 악마라고는 한 번도 생각해보지 못했습니다."

"심하게 말해서 미안해요. 그때 당신 머리를 때린 것도요."

수옥이 서둘러 사과했다. 20년 전, 애들을 가르쳤다던 남자의 모습을 떠올리려 했지만 어려웠다. 아득해진 지난날의 꿈처럼 거짓말 같았다. 신기루다.

남자의 이야기는 계속됐다. 문을 열자, 데칼코마니로 찍어 만든 듯이 똑 닮은 자매가 반겨주었다. 그림을 그리던 중이라고 했다. 자매의 손이 물감과 페인트로 더러웠다. 붓이 없어서 손으로 동물을 그리고 있었다. 사진을 보고 그렸다는 동물의 이름을 대뜸 남자에게 물어왔다. 사슴이었다. 자매는 친구가 크리스마스를 알려줬고, 곧 있을 기념일에 카드를 주고 싶어 몰래 만드는 중이라고 했다. 너희는 크리스마스를 즐길 수 없을 거라고 말해주려다가 그만뒀다. 조잘조잘 떠드는 작은애의 말에 정신이 팔린 사이, 줄곧 손가락을 놀리던 큰애가 남자의 손끝에 물감을 묻혔다. "그려요." 누구에게 보내는지도 모르는 카드에 그림을 그려 넣으면 안 될 것 같다고 말하자, 다시 큰애가 말했다. "선생님은 내가 행복하면 다 괜찮다고 했어요. 그러니까 괜찮아요."

수옥은 눈에 선한 풍경을 상상했다. 남자에게 그림을 그리라고 제안한 건 경선일 테다. 그 애는 그만큼 재밌는 놀이는 없다 여겨 틈만 나면 수옥에게도 그림을 그리라 했다.

"애들이 직접 줄 수는 없게 됐으니 크리스마스카드를 제가 대신 전하게 되었네요."

남자가 들고 온 가방 속에서 카드를 꺼냈다. '수옥 선생님에게'로 시작해 '사랑해요'로 끝나는 짧은 메시지가 뒷면에 적힌 재활용 종이 카드를 열어보았다. 루돌프와 멋대로 상상해낸 산타. 남자가 루돌프의 빨간 코를 가리키며 뿌듯하게 말했다. "이건 제가 그렸습니다" 하고.

수옥은 달력을 확인했다. 아직 석 달도 더 남은 성탄절을 손꼽아 기다리던 경선과 주희의 모습이 스쳐 지나갔다. 애들 엄마의 부탁으로 시즌 때마다 그럴듯한 선물을 찾아 헤매던 적도 몇 번 있었다.

"저도 엉겁결에 참여하면서 아이들에게 크리스마스 선물을 하나 주기로 결심했어요. 웃기죠. 이제 와서 착한 척하는 거라 비난하셔도 할 말 없습니다. 아이들에게 사실을 말했어요. 선생님은 다시 오지 않을 거고, 너희들의 보금자리는 폐쇄될 거라고요. 하지만 여기서 평생 살아온 너희들에게 선택권을 하나 주겠다고 했습니다. 외부 오염 물질을 완벽히 차단할 수는 없는 내 트럭이 천천히 너희의 폐를 갉아 먹겠지만, 여행은 할 수 있을 거라고요. 운전은 자율 모드로 되어 있으니 그냥 둘이 짐을 싸서 떠나기만 하면 돼, 하고요. 대피소 안에 비치된 비상시 마스크를 쓰고 차례로 내 트럭까지 이동해 떠났어요. 기다렸다는 듯이요. 내 선물이 만족스러웠을지는 모르겠어요."

"나더러 그 말을 믿으라고요?"

다 꾸며낸 헛소리일 뿐이라 생각했지만, 수옥의 심장은 터질 것처럼 미친 듯이 뛰었다. 입술 사이로 뜻 모를 신음이 흘러나오고, 두 다리는 힘을 잃어 휘청였다. 일어설 수조차 없는 순간, 그가 수옥의 몸을 붙잡자 "억—"하는 소리가 터져 나왔다. 마치 처음 단어를 배우는 아이처럼 혀끝이 울음으로 번졌다. 수옥이 외쳤다.

"애들은 갈 곳이 없다고!"

"……수옥폭포를 보고 싶다고 했어요. 그걸 찾으러 간대요."

수옥은 서둘러 차에 올랐다. 따라 나온 남자가 어디로 가느냐고 물었다. 잊고 온 것을 회수하러 간다. 사랑하는 것들을 두고 오는 게 아니었다. 어디선가 쏴아아— 하고 바위에 부서지는 커다란 물소리가 들려왔다. 대재앙이 시작된 날 지구상에서 사라진 수옥폭포를 돌려놓고야 말겠다는 불가능한 의지가 샘솟았다. 다시 눈을 비볐다. 아이들을, 포기할 수 없다.

셔터

조시현

피드가 끝없이 내려간다. 텔레비전을 켜둔 채로 너는 스크롤을 내린다. **#살려줘 #도와줘요 #HELP #조난 #생존자.** 어떤 해시태그가 정확한 건지 모르지만 매일 검색어를 바꿔가며 사람들이 올린 글을 샅샅이 읽는다. 이 많은 사람들이 대체 어디에 있는 건지 너는 알 수 없다. 정확한 검색어를 찾아야 한다. 그것이 자격이 되어줄 것이다.

너는 타이어에 한쪽 발을 올린 채 허벅지에 팔뚝을 지탱하고 새로운 행성이라도 정복한 것처럼 미소 짓는 남자의 사진에서 멈춰 선다. 뒤로 보이는 핑크빛 연기가 필터 탓인지 불길 탓인지 알아볼 수 없다. 사진 아래 생존 56일 차라고 적혀 있다. 아주 많은 사람이 그 사진을 좋아한다. 너도 떨리는 손으로 하트를 누른다. 그건 그 장면을 좋아한다는 의미라기보다는, 너의 존재를 알리는 행위에 가깝다. 그런 식으로 너는 재앙의 무수한 장면들을 좋아해왔다. 너는 모든 일에는 원인과 결과가 있다고 생각하고, 종교는 없지만 일종의 신앙심이라고 부를 만한 것을 가지고 있다. 자꾸 그런 장면을 좋아하기 때문에 벌을 받고 있는 건지도 모른다. 더 많이 좋아할수록 더 많은 죄를 저지르는 것이다. 살아남은 인간들은 서로에게 업보와 무게를 더해가며 서로를 이곳에 가두고 있는 것인지도.

쓸데없는 생각. 더 많이 좋아할수록 너는 더 잘 발견될 수 있다. 팔로워가 더 많았더라면 너는 진작 발견됐을지도 모른다. 배터리가 다된 휴대폰이 꺼진다. 충전 속도가 너무

느려 하루 종일 꽂아두어야만 하는 물건. 너의 동선을 제약하는 원인이기도 하다. 텔레비전은 여전히 노이즈로 가득 차 있다. 희고 검은 점들이 촘촘하게 박힌 화면이 위아래로 흔들린다. 눈이 몹시 뻑뻑하고 감았다 뜰 때마다 미세한 통증이 느껴진다. 스크린에 희미하게 반사되는 너의 얼굴에도 노이즈가 껴 있다. 노이즈 속에 비밀 암호를 숨겨 송출하고 있다는 소문. 우주선이 숨겨진 장소와 선체의 가동 방법을 알려준다는 비밀 암호. 비슷한 맥락의 수많은 음모론. 각도에 따라 사람처럼도, 동물처럼도 보이는 윤곽이 몇 번이나 뭉쳤다가 흩어진다. 그게 무엇이든 아직은 보이지 않는다. 아직은.

하지만 방심한 순간 그것은 떠오를 것이고, 잘 참고 기다린 사람들은 전부 그것을 볼 것이며, 너는 한순간의 방심으로 그것을 놓칠 것이다. 너는 누군가 뭔가를 했다는 사실도 알지 못한 채, 심지어 남겨졌다는 사실조차 깨닫지 못한 채 남겨질 것이다. 한순간의 방심들이 모여 지구에 버려진다. 또다시. 속는다. 너만 속는다. 잠시 눈을 감는다. 어둠 속으로 노이즈가 선명하게 떠오른다. 뭔가가 어렴풋하게 보이는 것 같다가 이내 새까매진다. 완벽한 어둠. 너는 다시 눈을 뜨고 화면에 집중한다. 아직은 보이지 않는다. 그래, 아직은.

떠날 수 있는 사람은 떠났다. 남은 사람이 남기를 선택한 것은 아니었으므로 그렇게 말하는 편이 옳았다. 그리고 너는 목격자. 너는 너의 역할을 목격자로 둔다. 그러면 남았다는 사실에 의미를 부여할 수 있다. 인간은 누군가로부터 버려질 수 있는 존재가 아니라고 생각하는 것만으로도 존엄성을 지킬 수 있다. 그 빛을 보았을 때 너는 지구를 바라보는 방향으로 우주에 설치된 커다란 카메라가 플래시를 터트리는 상상을 했다. 몹시 눈이 부시는 순간 엉뚱하게도 핵이 터질 때 입을 벌리고 있어야 한다는 말이 떠올랐고, 너는 입을 벌리고 얇은 시멘트 벽에 깔린 채로 눈을 떴다. 하늘이 까맣고 몹시 추웠다. 너는 네가 지독하게 불운하다는 사실을 깨달았다.

조제프 니세포르 니엡스의 사진을 처음 봤을 때 네가 떠올린 것은 폭발하던 순간의 지구. 난나는 그게 최초의 사진이라는 것을 알려주었다. 윤곽이 또렷하지 않은 흑백사진. 이제 막 증발을 시작하는 것처럼 보였다. 발산, 증발. 뭐라고 불러도 좋았다. 너는 그게 죽은 사람의 영혼이 막 흩어지는 순간을 포착한 거라는 생각을 했고 잠깐 울었다. 난나는 훌쩍임을 그칠 때까지 기다려주었지만, 지나치게 감상적이라는 타박을 끝내 참지는 못했다.

빛의 방향을 잘 봐. 해가 비추는 사진이야.

난나는 손가락으로 어딘가를 짚었으나 네가 좀더 자세히 보기도 전에 사진을 접어 가슴팍에 달린 주머니에 넣었다. 해가 뜨지 않은 지 42일째였다. 정확하게는 해가 가려진 지 42일째. 핵이 폭발하거나 화산이 터지면 그런 일이 벌어질 수 있다는 것을 너는 알고 있었다. 오래전 인도에서 화산이 터진 뒤로 3년 동안 지구에 여름이 찾아오지 않았다는 이야기 같은 것. 핵겨울이라는 단어나, 통신망과 전기가 끊길 수 있으니 못해도 2주 치의 식량과 물을 확보해두어야 한다는 정보 같은 것. 너는 잠들기 전 비상시 생존과 관련된 유튜브 영상을 찾아 보곤 했다.

언젠가 몹시 아프게 되리라는 것을 알고 있기 때문에 너는 어딜 가든 소화제와 영양제, 각종 상비약이 든 파우치를 반드시 챙겼고 특히 치과 검진은 빼먹지 않았다. 너의 가장 큰 목표는 무사히 늙는 것이었다. 미리미리 대비해서 쓸데없는 말썽을 부리지 않고, 최대한 눈에 띄지 않고 버텨 오래 살아남는 것. 너는 종교는 없었지만 절대적인 무언가가 있는 것 같다고는 막연하게 생각했다. 그건 신이라기보다는 운에 가까웠는데, 너에게 사소한 불운과 불행이 생길 때마다 그것을 상쇄할 만큼의 행운이 적립되고 있으며 결정적인 순간 그것이 너를 구원하리라는 믿음이었다. 아무 불평 없이 착하게 견디면 어떤 방식으로든 보상이 돌아오리라는 것을 너는 알고 있었다. 보이시죠. 저는 이런 것도 잘 견뎌요. 잘 참고 있다고요. 너는 종종 그것에게 말을 걸었다.

날이 밝지 않으니 아침이 오고 있다고 확신할 순 없었지만 어쨌든 자고 일어날 때마다 너는 연필로 바를 정 자를 그렸다. 그러고 나면 달리 대책 없는 하루가 남았다. 너도 난나도 말이 많은 성격은 아니었는데 그래도 하루 종일 붙어 있자면 몇 마디 정도는 주고받게 되어서 너는 난나의 이전 삶에 대한 몇 가지를 알게 되었다. 일이 터지기 전 커피와 관련된 정보를 다루는 잡지사에서 일했다는 것, 메이저 신문사의 사회부 기자를 지망했지만 실력도 운도 따라주지 않았다는 것, 중학생 때부터 할아버지의 카메라로 사진을 찍기 시작했다는 것, 살아 있는 동안에 사진전을 여는 게 오랜 꿈이었다는 것, 특히 그녀를 미치게 만든 건 날씨였다는 것, 별안간 새 카메라를 선물해준 건 죽은 남편이었다는 것, 좀더 여유가 있을 때 제대로 사용하고 싶다는 이유로, 그러다 생활의 우선순위에 따라 조금씩 미루는 바람에 박스에서 꺼내지도 않은 채 그것을 옷장 깊숙이 넣어두었다는 것. 카메라는 집과 함께 사라졌다. 난나는 그 얘기와 함께 아이를 잃었다는 말을 짧게 했고 그 뒤로 자신의 과거와 관련된 이야기는 조금도 꺼내지 않았다. 중요한 건 미래뿐이라는 듯이, 혹은 딱 그만큼이 네게 줄 수 있는 이야기의 전부라는 듯이.

널 찾아낸 것은 난나였다. 땅을 살피며 걷던 그녀는 시멘트 더미에 깔려 눈만 깜박이고 있는 너와 눈을 마주치고도 비명을 지르지 않았다. 그녀는 시종일관 침착한 얼굴로 너를 부축해 앉히고 상처를 살피고 물을 먹였다. 이상한 냄새가 도시를 뒤덮고 있었다. 너는 코가 마비된 것 같다고 생각하며 아무 생각 없이 옆에 있던 콘크리트를 들췄다가 축 늘어진 손과 찢어진 옷을 발견했다. 더 들춰볼 용기는 나지 않았고, 갑자기 눈물이 났다. 여기서 살아남은 사람은 우리뿐이야. 네가 눈물을 그칠 때쯤 다가온 그녀가 별다른 감정이 실리지 않은 투로 말했다. 그녀가 아니었더라면 넌 그대로 죽었을지도 모르지만, 그래서 더더욱 고맙다는 말이 나오지 않았다. 그녀도 미안해하지 않았다. 언젠가 감정이 격해진 네가 비난하듯 말을 꺼냈을 때 그녀는 해야 할 일을 할 수 있어서 했을 뿐이라고 담담하게 말했다. 너는 난나가 위선자라고 생각했다. 혼자라는 사실을 견딜 수 없었을 뿐이잖아.

그래도 너는 난나와 함께 지냈다. 난나가 갑작스럽게 떠나기 전까지는 그랬다. 그때까지 둘은 네가 발견한 주인 없는 방에 머물렀다. 10평이 채 안 되어 보이는 집에는 물과 음식이 조금 남아 있었고 간헐적으로 전기가 들어왔다. 송출되는 채널은 없었지만 텔레비전도 있었다. 남아 있는 물건들로 너와 난나는 방의 원래 주인이 이삼십대의 독신 여성이었을 거라고 짐작했다. 학생은 아니었을 것이다. 하루 종일 사무실에 앉아 있다 영문도 모른 채로 죽었을지도 모른다고 생각하면 남 일 같지 않았다. 하기 싫은 일을 미루고 미루다 결국 하지 않았길, 재수 없는 상사에게 꼭 한마디는 했길, 아직 살아 있다면…… 굳이 여기로 돌아올 것 없이 더 좋은 방을 찾았길 너는 바랐다.

그 방을 거처 삼기로 결정한 날, 너는 난나와 등을 지고 누웠다. 익숙한 지겨움이 느껴졌다. 먹을 것을 구하기 위해 끊임없이 움직여야 하는 것, 힘들게 구한 적은 양의 음식을 나누어야 하는 것, 추위를 견디기 위해 어깨를 맞대고 잠드는 것, 다시 눈을 뜨는 것, 다시 잠드는 것, 그래도 다시 눈을 뜨는 것, 바를 정 자를 그리는 것, 누군가를 발견하는 것, 아무도 발견하지 못하는 것. 불타고 무너진 도시. 회색. 지속되는 밤. 그 모든 것에. 그리고 너는 스스로가 감사할 줄 모르는 사람이라는 것에 진절머리가 났다. 이 모든 일은 어쩌면 그래서 일어난 게 아닐까. 그러자 눈물이 콧등을 타고 흘러내렸고 너는 소금이든 수분이든 낭비할 수 없다는 생각에 재빨리 손으로 닦아 핥았다.

어느 날 눈을 뜨니 난나가 없었다. 너는 평소보다 긴 시간을 이불 속에 누워 있었다. 그리고 다시 일을 하러 나갔다. 모든 것이 무너지고 부서져 발 디딜 곳이 없는 도시. 너는 파편들을 들추고 치우면서 조금씩 정리했다. 매일같이 난나와 하던 일이고, 어떻게든 길을 내 이 동네를 벗어나보려 시작한 일이었지만 언제부턴가 너는 청소를 하고 있었다. 매일 지칠 때까지 했다. 모든 것이 쓰레기였고, 손을 대기에는 이미 지나칠 정도로 다 망가진 상태였기 때문에 청소라기보다는 구멍을 내는 일에 더 가까운지도 몰랐다. 그래도 너는 했다. 속도가 몹시 더뎠고 때로는 팔이나 손을 크게 다치기도 했지만 커다란 콘크리트를 들출 때마다 가슴이 뛰었다. 너는 네가 발견할 것이 두려웠다. 딱 같은 만큼의 기대도 있었다. 누군가가 죽어 있는 곳에서는 항상 음식이 발견되었고 그건 네가 조금 더 살 수 있다는 의미였다. 운이 좋은 날에는 약이나 옷가지를 발견하기도 했다. 그날도 너는 도시를 치웠다. 평소보다 오래. 자주 고개를 들며.

    터지는 소리가 들린다. 크고 작은 폭발에는 어느새 익숙해졌지만 아직도 터질 게 남아 있다는 사실은 매번 너를 놀라게 한다. 이제 도시에 남은 색은 검은색, 회색, 붉은색. 가장 오래전부터 색으로 여겨져왔다는 색깔들만 남았다. 그런 점에서 멸망과 기원은 연결된 것인지도 모른다. 치솟은 불길이 이미 망가진 도시를 다시 집어삼킨다. 너는 그 광경을 '굽는다'라고 부르는데 그러면 기분이 약간 나아진다. 하늘이 전부 먼지로 뒤덮여 날씨랄 것이 없지만 대부분 몹시 춥거나 지나치게 뜨겁다. 발 디딜 곳 없이 쌓인 잔해들을 보면 막막해진다. 하지만 생각해보면 눈앞에 구체적인 장면으로 보이지 않았을 때에도 너의 삶은 이동을 방해하는 크고 작은 잔해를 치우는 일과 다르지 않았다. 언제나, 너무 많은 쓰레기가 있었다.

    그 가운데서 콘크리트 조각들을 줍다 보면 꼭 부서진 삶을 줍고 있다는 생각이 들 때가 있다. 복원이라고까지 부르지는 못하겠지만 너는 한때 누군가의 집이며 일터였고 학교였으며 삶을 지탱하는 장소였을 그 조각들을 가로로 세로로 잘 끼워 맞추어 벽을 쌓아보려 애쓴다. 어떻게든 정돈해 질서를 만들어보려는 노력. 처음에는 너무 긴 시간을 조금이라도 흘려보내려 시작한 일이지만 어느새 이것은 너에게 중요한 의미를 갖는다. 물론 아직까지는 쉽지 않다. 그저 쓰레기 더미를 모아 다른 쓰레기 더미로 만드는 일인지도 모른다. 그래도 한다. 할 사람이 너밖에 남아 있지 않기 때문에.

그러다 너는 그 소리를 듣는다. 즈즈즈즛. 처음에는 그저 벌레 소리라고 생각하며 귀를 긁다 최근 살아 있는 것을 본 적 없다는 데 생각이 미치고 너무나도 놀라 고개를 든다. 그리고 그녀를 본다. 건물 다섯 채만큼의 간격을 두고 한 여자가 미끄러지듯 걸어가고 있다. 어두운 탓인지 거의 흑백에 가까워 보인다. 난나가 떠난 뒤로 사람을 목격하는 것은 처음. 모든 게 다 무너져 울퉁불퉁한 길을 어떻게 한 치의 흔들림도 없이 미끄러지듯 걸어갈 수 있는지는 알 수 없지만.

이봐요!

다급한 부름에도 여자는 돌아보지 않는다. 아무것도 들리지 않는 사람처럼 걸어가다 무너지다 만 건물 앞에서 스르르 사라져버린다. 스며든다. 들어간다. 방금 본 광경을 뭐라고 불러야 하는지 너는 알 수 없다. 보이지 않는 각도에 입구가 있을지도 모르지. 너는 비틀거리면서도 부서진 시멘트를 밟고 위로 올라선다. 여자가 들어간 건물의 특징을 기억하려 애쓴다. 어딜 가나 비슷한 모양새로 망가져 있어 유의미하게 기억할 만한 부분을 찾는 것이 쉽지 않다. 대각선으로 부서진 건물. 앙상하게 드러난 철골이 세 개. 우측 밑에서 두번째 창문에 천사가 지나간 듯한 모양으로 깨진 자국. 네가 그나마 눈여겨본 것이지만 사방이 다 비슷한 방식으로 무너져 있어서 너는 문득 현기증을 느낀다. 마음을 가라앉히려 하지만 곱씹으면 곱씹을수록 그 장면은 이상하게 느껴지고 너는 여기가 너무 고요하다는 걸 깨닫는다. 그러니까, 지나치게, 미칠 정도로, 이런 곳에서는 살 수 없다는 생각이 들 정도로, 너무나. 너는 거의 던지듯 콘크리트 조각을 내려놓는다. 점점 더 소리가 커지고 그게 아주 시끄러운 음악처럼 들릴 무렵.

대체 무슨 멍청한 짓을 하는 거야?

사람의 목소리가 들렸다는 것도 인지하지 못한다. 약간의 간격을 두고 너는 고개를 든다. 경계심도 고민도 없어 보이는 남자가 영 천진난만한 얼굴로 너를 보고 있다. 너는 주변을 둘러본다. 어디에서도 나타날 수 있었다는 사실이 갑자기 너를 불안하게 한다.

누가 여기 있다는 걸 사방에 다 알릴 셈이야? 목숨을 소중히 여겨야지.

네 속마음을 읽은 것처럼 그는 엄지로 목 긋는 시늉을 한다.

죽여줄 사람이라도 제발 만나고 싶어.

날 만났잖아. 다 보라고 저 위에 서 있어놓고.

새하얀 이를 드러내며 웃은 남자는 자신의 이름을 폴락이라고 밝힌다.

대체 누가 여기서 이런 정신 나간 짓거리를 하고 있나 했더니 너였구나. 여기만 멀끔해서 이상했거든.

근처 살아?

폴락이 씨익 웃으며 고개를 끄덕인다. 네 손에 들린 시멘트 조각을 본 그는 옆으로 다가와 바닥에 깔린 조각을 뒤적이기 시작한다. 그저 멀리 던지거나 주머니에 넣는 걸로 보아 네가 하는 일의 의미를 제대로 이해하지는 못하는 것 같지만 누군가 곁에 있다는 사실만으로도 마음이 약간 누그러진다. 마찬가지인지 폴락은 들뜬 목소리로 물어본 적도 없는 자기 이야기를 중얼중얼 늘어놓는다. 부상을 입어 멀리 다니지는 못하는, 바야라는 여자가 그와 함께 지내고 있다는 사실을 너는 알게 된다. 이전에 그가 돈을 그다지 벌지 못하는 예술가였다는 것과 그의 모든 부분 중 오른쪽 엉덩이에 있는 10원짜리 크기의 점이 가장 좋다고 고백했던 애인이 일이 터지기 얼마 전 그를 떠났다는 것, 포테토칩과 버터컵이라는 이름의 고양이들을 키우고 있었다는 것, 2천만 원가량의 빚을 졌다는 것까지도. 근데 이제 그냥 싹 다 사라진 거지. 그가 흥분할 때 보이는 특유의 과한 손동작을 너는 이제 알아볼 수 있다. 난 옛날부터 버티는 일을 잘했다니까. 열심히 살다 이렇게 됐으면 얼마나 억울했겠어. 네가 별다른 반응을 보이지 않았음에도 그는 이 모든 이야기를 쾌활하게 한다. 너는 여자를 목격한 이야기를 꺼낼까 망설이지만 결국 아무 말도 하지 않는다.

　저 위쪽으로만 한참 돌아다녔는데 이쪽으로 먼저 와볼걸.

　위쪽엔 뭐가 있는데?

　한참 동안 대답이 돌아오지 않아 고개를 든다. 그는 방금 집어 든 쇠막대를 골똘히 들여다보고 있다. 너는 그가 뭔가를 망설이는 것을 눈치채고 약간 긴장한다. 시선을 느꼈는지 폴락이 씨익 웃으며 쇠막대를 멀리 던진다. 쇠끼리 부딪치는 쨍한 소리가 오랫동안 울린다.

놀리면 안 돼.

들어보고.

단 게 먹고 싶은 거야. 한번 생각하니까 참을 수가 없더라고.

폴락은 귀를 붉히며 수줍게 말한다.

바야랑 밤새 끝말잇기를 하다가 갑자기 깨달았거든. 설탕을 만들 수 있는 사람은 이제 이 세상에 없겠구나.

그런 게 중요해?

내 말이 그거야. 세상에 사탕수수가 남아 있겠어? 있다고 한들 그걸 누가 다 키워서 설탕까지 만들어 팔겠느냐고. 판다면 살 수는 있고? 그건 엄밀하게 기호 식품이야. 이런 상황에 누가 그런 거에 관심이나 갖겠어. 이대로 사라지면 두 번 다시 발견되지 않겠지. 지금부터 태어나는 애들은 설탕 맛은 모르고 클 거야. 그 생각을 하니까 견딜 수가 있어야지.

단 것을 생각하자 혀 아래 침이 고인다. 지금까지 설탕의 맛을 잊고 있었다는 사실을 믿을 수가 없다. 알기 때문에 너는 고통스럽다. 이 지경이 된 뒤로 줄곧 그랬다. 너는 습관처럼 잘못을 헤아리며 이 상황에서 얻을 수 있는 교훈을 생각한다. 네 표정을 본 폴락이 어딘가 안심한 기색으로 주머니에 넣었던 손을 꺼낸다. 황금색 포장지로 감싸인 초콜릿 바 두 개. 너는 이미 그것을 받아 들고 있다. 그의 왼쪽 뺨에 보조개가 얕게 팬다.

편의점 간판을 찾느라 한참 돌아다녔어. 한 군데는 입구가 완전 부서져서 들어갈 엄두도 안 나더라고. 다행히 근처에 하나 더 있는 걸 찾았어. 내부가 엉망진창이긴 했는데 그래도 몇 갠 건졌어. 이걸 찾자마자 그 자리에서 다섯 개는 먹어치웠다니까.

너는 그가 그곳의 위치를 말하지는 않는다는 사실을 의식하고 있다. 네 마음을 알아챈 듯 폴락이 팔로 너의 어깨를 감싼다.

내 마음 알겠지? 우리 계속 서로 돕는 거다.

너는 초콜릿 바를 주머니에 쑤셔 넣으며 건성으로 고개를 끄덕인다. 폴락은 이를 다 드러내 웃고 너의 어깨를 꽉 쥔다. 그것이 얼얼하다고 느끼며 너는 그런 감각이 제법 오랜만이라는 사실을 깨닫는다.

돌이켜 생각하면 그냥 여름이었다. 미치기 직전의 여름. 세계가 점점 더 더워졌다. 너는 아무것도 안 했는데 사람들은 인간이 만든 재난이라고 했다. 퇴근길 깜박거리는 가로등 아래를 걷던 너는 이대로 가다간 터져버릴 것 같다고 생각했다. 정말 다 견딜 수 있는데 날씨가 그랬다. 갑자기 어떤 말인가가 목구멍에 차올랐는데 너는 그냥 삼켰다. 왜 삼킨 거냐고 묻는다면, 어차피 그런 건 중요하지 않으니까.

　우주로 뭘 자꾸 쏘아 올리는 미국의 한 사업가가 텔레비전에 나와 더위를 해결할 방법을 찾았다고 말했다. 그는 태양으로부터 인류를 지키고자 저 위에 판 같은 것을 설치해 지구를 일종의 대피소처럼 만들 거라고 특유의 거드름이 섞인 태도로 선언했다. 너는 한 사람이 선뜻 지구 단위의 결정을 할 수 있다는 사실에 약간의 부조리함을 느꼈고 직장 동료들과 그를 소재로 한 농담을 주고받았지만 주식은 가파르게 올랐다. 텔레비전이 지지직거리기 시작한 것도 그 무렵이었다. 아무 예고도 없이 영업 끝났습니다, 하고 문을 닫듯, 세상이 그렇게 셔터를 내리듯 끝날 거라고는 누구도 예상하지 못했다.

　떠날 수 있는 사람들이 지구를 떠난 뒤였다는 것을 너는 나중에 알았다. '떼어내진' 사람들이 인스타그램에 폭로를 했다. 떠날 수 있는 사람들은 이미 오래전 발견된, 지구와 아주 흡사하면서도 깨끗한 환경의 우주식민지로 떠났으며 다시는 돌아오지 않을 거라는 얘기. 너로서는 상상조차 해본 적 없는 단위의 금액으로 티켓들이 팔려 나갔다는 사실이나, 그들이 소란을 원치 않았고, 애초에 지불 능력을 가진 사람들에게만 이 정보가 공유되었다는 것도 소문의 일부였다. 너의 소원대로 지구는 추워졌다. 하얀 꼬리를 길게 남기며 검은 공간을 가로지르고 있을 은색의 날렵하고 우아한 비행체. 거기 타고 있을 법한 얼굴 몇이 떠올랐다. 네 상사는 아니었다.

이것도 음모론 아냐? 집을 떠날 때 부수고 떠나진 않잖아.

입장 바꿔 생각해봐. 너 같으면 지능을 가진 데다 같은 지식까지 공유한 사람들을 그냥 내버려두고 싶겠어? 우리가 언젠가 우주로 쏟아져 나올지도 모른다는 사실을 견딜 수 있겠느냔 말이야.

너는 난나의 일그러진 얼굴을 보며 매끈한 타이타늄 알루미나이드로 만들어진 거대하고 아름다운 우주선 대신 구릿빛의 작고 빈약하고 둥근 비행접시들이 마치 머릿니 퍼지듯 우주로 분사되는 장면을 떠올렸다. 하지만 그건 이미지일 뿐, 진실은 아니었다. 시간이 갈수록 난나는 점점 더 신경질적으로 변해갔다.

제대로 된 시작을 할 수 있다고 믿겠지. 깨끗한 곳에서, 깨끗한 사람들끼리.

그게 사실인들 누군가 애써 일구고 짓고 꾸미고 정돈한 집에 그냥 들어가려는 건 너무 뻔뻔한 생각이 아닐까. 그냥 지구에서 하던 대로 한 것뿐이잖아. 집을 살 수 있으니 집을 샀고, 이사를 갈 수 있으니 이사를 간 것이다. 그런 걸 비난할 수는 없지. 너는 그들의 가족도 뭣도 아니었다. 그들이 우주선을 만들 때 네가 제공한 건 아무것도 없었다. 만약 실제로 그런 일이 있었다고 한들 어차피 너는 티켓 가격을 지불할 수 없었을 것이다. 문득 엄마 목소리가 들리는 것 같았다. 너는 아기 때도 얼마나 순했게. 다 이해하는 눈이었지. 세상이 그렇다는 걸 다 아는 눈으로 아기 때부터 어찌나 어른스럽던지 우리를 귀찮게 하지도 않았다. 너는 정말 걱정 없는 애였어. 너는 그게 자랑스러웠다.

왜 그렇게 나쁘게만 생각하는 거야?

다 망쳐놓고 튄 거야. 우리에게 책임을 떠넘긴 거라구.

책임이라니. 지구에, 누군가에게 나쁠 수도 있는 많은 일들을 너는 알면서 했고 몇 가지는 방법이 없어서 했다. 그맘때쯤 난나와 너는 자주 싸웠다. 아기 사진을 발견한 게 화근이었다. 수많은 해시태그가 주렁주렁 달린, 해열제와 통조림이 필요하다고 적혀 있던 그 게시글. 난나가 당장 그곳으로 가자고 해서 너는 그게 진짜 엄마라고 생각하냐고, 애초에 여자는 맞는 것 같냐고 되물었다. 너는 그저, 신중하고 싶었을 뿐이었다. 그런 종류의 말과 사진이 마음을 쉬이 부드럽게 만든다는 걸 세계가 이렇게 되기 전에도 너는 잘 알고 있었다. 육아 일상으로 시작한 계정이 점차 광고 비중을 늘리고 아기들이 서투른 말투로 홍보 문구를 따라 하는 영상을 올려도 너는 곧잘 귀여워했으므로 위기 상황에서의 대응 방식이 너의 전부를 말할 수는 없었다. 그런데 난나가 불같이 화를 냈다. 네가 유튜브를 구독하듯 이 상황을 바라본다고 했다. 그게 음침하다고도 했다. 아, 맞아. 너 구독계지? 아무도 너에게 응답하지 않는 것을, 그녀는 그런 방식으로 비꼬았다. 그날은 너도 그녀를 상대하지 않았지만 난나의 말수가 극도로 줄어들자 왠지 초조해졌다. 너는 난나가 흥미를 가질 만한 글을 여러 개 찾아냈다. 그들이 무사히 도착한 뒤 사람들을 데려올 우주선을 되돌려 보낼 거라는 이야기. 그러나 아무나 무조건 탈 수 있는 것은 아니고, 그럴 가치가 있는 사람들만 선택될 거라는 이야기.

시력이 좋은 사람들만 데려갈 거래. 우주에선 멀리, 잘 봐야 하니까 그게 중요한 거야. 일종의 경비견 같은 게 필요한 셈이지.

텔레비전 노이즈에 암호를 숨긴 채 송신하고 있다는 것이 소문의 전모였다. 그 얘길 들은 난나는 누구에게도, 아무것도 증명하고 싶지 않다고 말했다. 난나가 관심이 없어 보일수록 너는 뭔가를 해야 할 것 같은 기분에 시달렸다. 갑자기 가슴 한구석이 짜르르 아파왔는데 참을 수 없다는 생각이 사람들을 향한 것인지 너 자신을 향한 것인지 알 수 없었다. 할 수 있는 일이 텔레비전 앞에 찰싹 붙어 있는 것뿐이라니. 의지할 수 있는 게 휴대폰밖에 없다니. 믿을 수 없으면서도 그걸 들여다보고 있어야만 한다니. 너는 노이즈가 낀 화면을 응시하며 오래전에 했던 시력검사를 떠올렸다. 안경을 써야 할 정도는 아니었지만 특출나게 좋은 시력이라고도 할 수 없었다. 어두운 방에서 아무것도 나오지 않는 텔레비전 앞에 앉아 있을 사람들을 떠올리자 약간 으스스해졌다. 그 많은 사람들이 어디에 있는지 알 것 같았다.

폴락을 마주치지 못한 채로 며칠이 지난다. 그는 종종

너를 찾아오지만 내키는 대로 나타났다 내키는 대로 사라진다. 혹시 몰라 주변을 둘러보는 거라고, 돌아올 곳이 있어서 어디든, 얼마든 갈 수 있다고, 네가 큰 의지가 된다고 그는 말한다. 혹시나 불필요한 경계심을 만들까 봐 너는 아무것도 묻지 않는다. 하지만 그를 보지 못하는 날이 길어질수록 좀처럼 집중하지 못한다. 그는 이러다 또 불쑥 나타나 네가 너무 방심하고 있다고 잔소리를 퍼부을 것이다. 어쩌면 사탕수수를 키울 방법을 찾아냈다며 터무니없는 얘기를 늘어놓을지도 모르지. 아니, 바야와 시간을 보내느라 시간 가는 걸 모르고 있을지도. 거기에 생각이 닿자 너는 갑작스러운 외로움을 느낀다. 폴락은 정말 아무 얘기나 다 떠들어대지만 내키는 대로 늘어놓는 그의 이야기 중에 가장 많은 부분을 차지하는 것이 바야에 관한 것이다.

폴락의 이야기에 따르면 처음 만났을 때 바야는 큰 부상을 입은 채였다. 바야는 혼자서 더 안전한 곳을 찾아 헤매다 폴락을 만났다. 정말이지 버터컵과 똑 닮은 눈동자였어. 그걸 본 순간 내가 지켜야만 한다는 걸 알았지. 바야는 몹시 불안해했고 폴락을 끌어안고 울기도 했다. 뼈가 제대로 붙지 않아서 발가락을 못 쓰게 되면 어떡해? 그녀의 질문에 폴락은 양말을 벗어 여섯 개인 그의 발가락을 보여주었다. 바야는 폴락의 곁에 남기로 했다. 난 하나 더 달린 그걸 다섯 살 때부터 레이더라고 불렀지. 그게 시키는 대로 하면 안 되는 일이 없었다니까. 폴락이 킬킬거렸다. 폴락이 누군가를 보살피고 있다는 사실이 선뜻 믿기지 않았고 너는 그때 처음으로 아이를 가졌을 때의 난나를 상상해보았다. 남편이나 엄마. 또는 친구. 누가 난나의 곁에 있었는지는 알 수 없지만 누군가 난나를 위해 차를 끓이고 신선한 음식들을 준비해주었을 것이다. 난나는 어떤 것은 먹고 어떤 것은 먹지 못하며 설렘과 불안에 시달렸을 것이다. 그들 중 누군가가 또는 전부가 난나의 손을 잡아주었을 것이다. 그런 기다림. 안주머니가 묵직하게 느껴지자 철근을 치우는 너의 손이 떨린다.

너는 사진을 훔친 날을 기억한다. 어두워지고서도 한참 뒤에야 돌아온 난나는 저녁 내내 아무런 말도 하지 않았다. 누군가를 구하려다 실패한 날이면 난나는 잠들 때까지 그런 기분으로 보냈고 다음 날 아침 일찍 다시 도시를 치우러 나갔다. 난나는 항상 입던 재킷 대신 며칠 전 주워 온 다른 셔츠를 입었다. 너는 다만 조제프 니세포르 어쩌고 하는 사진을 한 번 더 보고 싶었을 뿐이었다. 그러니까 해가 뜨는 방향을. 안주머니에 사진이 한 장 더 있는 줄은 미처 몰랐다. 폴라로이드 크기의 두꺼운 사진은 흰색과 검은색 물감을 아무렇게나 흩뿌린 듯 보였다. 그게 초음파 사진이라는 것은 뒤늦게 깨달았다. 어디가 머리인지, 어디가 손이고 발인지 구분할 수 없었다. 너는 무심코 그것을 윗주머니에 쑤셔 넣었고 그 바람에 모서리가 조금 구겨졌다.

돌아온 난나가 사진에 대해 물었을 때 너는 모른다고 대답했다. 난나는 너를 추궁하는 대신 사진을 찾아 몇 번이나 집을 뒤집어엎었다. 몇 번이고 망설였지만 너는 끝내 아무 말도 하지 못했다. 라오스의 어떤 부족은 사진을 찍히면 영혼이 빠져나간다고 믿었대. 사진 속에 갇힌다는 거야. 등을 지고 누워 뒤척이던 난나가 불쑥 중얼거렸다. 흔한 얘기잖아. 네 대답에 난나는 쓰게 웃었다. 그래, 흔한 얘기지. 너는 침묵을 견딜 수 없었다. 주파수는 영원히 우주를 떠돈대. 그저 다른 방식으로 존재하겠다고 결심만 하면 돼. 난나가 사라진 건 그로부터 며칠 뒤였다. 어디가 머리인지도 모르는 그 사진. 잘못 걸린 노이즈 같은 그 사진. 그게 아직도 네 주머니에 있다. 너는 가끔 사진을 꺼내 암호를 찾듯 골똘히 들여다보고 다시 주머니에 밀어 넣는다. 이 사진 때문에라도 너는 다시 난나를 만나야 한다. 사과를 받아줄진 알 수 없지만 그때까지 너는 살아 있어야만 한다.

날이 어두워지고 오늘도 폴락이 나타나지 않을 거라는 확신이 들자 너는 자리를 떠난다. 그리고 거처에 가까워졌을 무렵 다시 그녀를 본다. 저번보다 가까운 거리에서 그녀는 별안간 솟아나듯 모습을 드러낸다. 맨발이고, 흑백이고, 무표정. 해상도가 낮은 화면처럼 여자의 얼굴은 뭉그러진 채로 지지직거린다. 그 탓인지 여자의 얼굴은 무너진 도시와도 겹쳐 보인다. 텔레비전을 너무 오래 들여다봐서 생긴 착시 현상일까. 난나가 떠난 뒤로 너는 아주 집요하게 그것에만 매달리고 있다. 필사적인 마음이 될수록 너는 조금씩 난나를 이해한다. 그냥 겁에 질렸던 거야. 소문을 진짜라고 믿어야 상황을 이해할 수 있었을 테니까. 증오심 없이는 이 모든 것을 견뎌낼 수 없었을 테니까.

    그때 소리가 시작된다. 즈즈즛, 즈즈. 여자는 너를 아랑곳도 않고 폐허가 된 더미 사이를 미끄러지듯 걷는다. 혹시 유령일까. 그러면 너는 유령이 될 타이밍도 놓쳐버린 걸까. 너는 하늘을 흘끔 올려다본다. 흐릿하게 보이는 게 혹시 지구에 빛이 부족해서 벌어지는 현상은 아닐까. 머뭇거리며 여자를 따라가려다 너는 방금 전까지 밟고 있던 시멘트 더미에서 뭔가가 반짝이고 있다는 것을 알아챈다. 무심코 손을 뻗었다가 날카로운 것에 베인다. 다치지 않은 손으로 콘크리트를 마저 들추고 너는 렌즈에 금이 간 카메라를 발견한다. 새하얀 몸체는 거의 새것처럼 보인다. 어쩌면 이 근방이 난나의 집이었을까. 너는 카메라에 눈을 가져다 대고 줌을 당겨본다. 렌즈에 금이 가서인지 세상은 몹시 뿌옇고 그게 어딘가 달콤한 느낌을 준다. 너는 카메라를 여자 쪽으로 향한다. 렌즈 속에서 여자는 파스텔 톤이고 튀튀를 입은 채 발레를 하고 있다. 너는 깜짝 놀라 카메라를 떨어뜨릴 뻔한다. 여자는 그저 즈즈즛거리며 미끄러지는 중이다. 다시 카메라를 들자 여자는 무너진 건물 더미에서 발레를 한다. 셔터를 누르지만 그냥 딸각거리는 소리만 들린다. 여자는 읽을 수 없는 표정으로 너를 응시한다. 소리가 희미해지더니 여자는 나타났을 때처럼 흩어지듯 홀연히 사라진다.

너는 기다린다. 기다리고 기다렸다가, 더 이상 참을 수 없을 지경이 되어서야 마침내 초콜릿 바를 뜯는다. 인터넷이 연결되는 자리에 모로 누워 인스타그램에 접속한다. 몇몇 대형 사이트들이 사라졌음에도 그게 남아 있는 이유는 서버를 안전하게 구축한 덕분이라고 누군가 달아둔 댓글을 읽었다. 손에 익은 해시태그로 검색어를 돌린다. 수많은 계정들이 자신의 살아 있음을 알리고 있다. 재앙을 견디는 스스로를 격려하려는 듯, 그렇게라도 의미를 만들지 않으면 안 된다는 듯. 그렇게 만난 사람들이 일종의 대피소를 형성하는 것을 너는 지켜보았다. 그들은 무너진 폐허를 배경 삼아 여러 포즈의 설정 숏을 찍거나 모금을 하거나, 도움과 구조를 청하고, 물품을 판매하고 교환한다. 핑크, 스카이블루. 자동 필터인지 수동 보정인지는 알 수 없지만 사진 속 세계는 조금 더 견딜 만한 곳으로 보인다.

몇몇 사진 아래에서 사람들이 대화를 나눈다. 단일 언어가 아니라 영어를 중심으로 한 각종 외국어들. 너는 구글 번역기를 돌려 그들의 대화를 읽는다. OMG. 그들이 우릴 완전 속였어! 이건 디재스터야. 나에게 약이 조금 있다. 틴더도 가끔 로그인돼요! 모스크바에 생존자 있나요? 사람들은 분노하고 슬퍼하지만 이모티콘이 붙은 대화는 어딘가 활발해 보이고 그래서 기묘한 생기가 느껴진다. 장난기가 섞인 몇 장의 연출 사진 때문인지 단지 서바이벌 게임을 즐기는 것처럼도 보인다. 이 많은 사람들은 대체 어디에 있는 걸까. 왜

이 근방은 이토록 황량한 것일까. 그렇게 생각하다 보면 이 모든 게 너를 놀리기 위해 기획된 일종의 쇼 같은 게 아닐까 하는 의심이 든다.

전형적인 재앙 서사로군. 그럴 때면 너는 냉소적으로 생각한다. 너는 재앙을 다룬 각종 영화와 소설에서 생판 모르는 타인을 믿었다가 위험에 빠진 사람들의 이야기를 많이 접했다. 너는 네가 주인공이 아니라는 사실을 아주 잘 알고 있다. 네가 죽어도 이야기는 계속 흘러갈 것이다. 네가 죽고 사라져도 세계는 완전한 재앙 상태에서 약간 나아진 상태가, 그러다 조금 더 나아진 상태가 될 것이다. 인간이 완전히 사라지더라도 그럴 것이다. 너는 신중하려고 노력하면서 믿을 만해 보이는 계정들을 찾아 여러 번 메시지를 보내지만 답장을 받지는 못한다. 그 흔한 좋아요조차 없다. 모두가 비슷한 생각을 하고 있는 거라면 너의 계정이 믿을 만하지 않은 것이다. 너는 무엇을 해야 믿을 만해지는지 알 수 없다. 네가 찍은 사진이 다른 장소와 유의미하게 구분되지 않아 난감한 걸까. 씩씩하고 매력적이게 재앙을 견디는 모습을 보여줘야 할까. 그리고 그런 하루하루를 더 잘 기록해야 하는 걸까. 너는 액정에 비치는 네 얼굴을 보며 어색하게 미소 지어보지만 네 표정은 울먹이며 아부하는 것처럼 보인다. 그들과 같은 느낌으로 재앙을 느끼고 있다는 것을 어떻게 해야 드러낼 수 있을까.

너는 눈을 감은 채로 누군가 널 깨우기를 기다린다. 아무도 널 부르지 않고 초콜릿의 단맛 때문에 입안이 아리다. 그렇게 미끄러지듯 움직이는 사람은 아무래도 유령이겠지. 죽으면 고유한 것으로 돌아가는지도 몰라. 흑백이라니. 문득 난나의 고유가 무엇일지 궁금해진다. 빛의 방향을 봐. 이불에서 곰팡내가 난다. 잠들 때까지 너는 난나의 목소리를 곱씹는다. 그렇지만 난나. 해가 뜨지 않잖아.

  일찍 잠든 탓인지 너는 이른 시간에 눈을 뜬다. 여전히 아무런 메시지도 받지 못한 휴대폰을 확인하고, 지지직거리는 텔레비전을 보며 아침을 아껴 먹고 머뭇거리다 카메라도 챙긴다. 매일 치우던 자리로 돌아간 너는 숨을 삼킨다. 건물 위, 파편 위, 난간 위, 도로 위, 지지직거리는 그림자가 열 개도 넘게 서 있다. 종과 성별과 생김새가 제각각 다르지만 모두가 하얗고, 까맣고, 지지직거린다. 흩어지듯이, 발산되듯이, 잘못 맞춘 주파수처럼. 즈즈즛. 즛즈즈즈. 넓은 공간은 순식간에 소음으로 가득 찬다. 높낮이와 울림이 다른 소리들이 사방에서 울려 퍼지고 있다. 무언가 아직도 하지 못한 말이 있다는 듯이, 무슨 말을 해야만 한다는 듯이. 끓어 나오는 것을 도저히 참지 못하겠다는 듯이, 거기 그렇게 있다는 게 중요하다는 듯이. 혹은 그저 너를 위협하는 것처럼. 즈즈즛, 즈즈즈즛. 귀가 아프다. 너는 죽을 때까지 우는 매미를 떠올린다. 즈즈즛, 즛즈즈즈즛. 세계가 흔들린다. 네 뱃속에서도 뭔가가 진동하는 것만 같다. 멀미를 할 것 같다. 너는 네 손이 금방이라도 흩어질 것처럼 덜덜덜 떨리는 것을 본다. 옮아오고 있어. 안 돼, 그만. 그 순간 누군가 어깨를 짚어 너는 팔을 휘두르며 비명을 지른다.

야, 진정해.

거기엔 눈을 동그랗게 뜬 폴락이 서 있다. 너는 흥분을 가라앉히지 못한 채 더듬거리며 폴락에게 방금 있었던 일을 설명한다. 폴락은 지지직거리는 게 어떤 의미인지 이해하지 못한다. 폴락은 너와 건물 사이를 번갈아 쳐다보다가 약간 김이 빠진 얼굴로 어쩌면 기후 현상 중 하나일지도 모르겠다고 말한다.

날씨가 워낙 이상해졌잖아.

그럼 소리는 뭔데?

잘못 들은 거 아니겠어?

그 사람들, 신호 같은 걸 보내고 있었을지도 몰라. 주파수는 우주까지 닿는다고 하잖아.

뭐, 우주한테 도와달라고?

폴락은 텔레비전 좀 그만 보라고 유쾌하게 소리치며 네 등을 때리지만 너는 그 얼굴에서 경계심을 읽어낸다. 너는 문득 폴락과의 대화가 시치미와 뜬구름 잡기로 이루어져 있다는 것을 상기한다. 고작 초콜릿 바 두 개로 마음을 열다니. 폴락의 집에서는 바야가 하루 종일 텔레비전을 들여다보고 있을 것이다. 너는 한 번도 만난 적 없는 바야가 붉어진 눈으로 얼굴이 흐릿하게 되비치는 스크린을, 노이즈가 겹쳐지는 자신의 얼굴을 골똘히 들여다보는 모습을 어렵지 않게 그려

볼 수 있다. 너는 한 명이지만 그들은 둘이다. 아무리 살갑게 군들, 뭔가를 발견한다면 폴락은 바야만 데리고 떠날 것이다. 지금 이 순간에도 바야는 텔레비전을 보고 있을 것이다. 분위기가 묘하게 불편해진 것을 깨달았는지 폴락은 한층 과장된 목소리로 운을 뗀다.

빛이 굴절해서 지구 반대편의 사람을 보았을 수도 있지. 사막에도 그런 게 있잖아. 블랙홀 안에서는 예전에 벌어진 일들이 계속 반복 상영 된대. 우리은하가 오래전에 블랙홀에 삼켜졌다는 얘기도 있어. 뭐, 그냥 전염병일 수도 있겠지만. 가까이 다가가지 않는 게 좋을지도.

그렇게 말하면서도 폴락은 다짐을 받으려는 듯 한마디를 덧붙인다.

뭐라도 발견하면 꼭 얘기해줘야 돼.

그래. 하지만 네 말대로 별게 아닐 수도 있어.

실없다고 생각한 그의 표정에서 아무것도 읽을 수 없다는 걸 알아채고 너는 거리를 둔다. 폴락도 날씨가 원인이라고 생각하는 걸까. 역시, 하늘에 설치하겠다던 그 판 때문일까. 저들이 햇빛에 가려져 드리운 그림자라면 지구에 닿지 못하고 반사된 햇빛은 다 어디로 가는 걸까. 우주가 더 밝아지고 있는 걸까. 그 사람은 자신이 온 우주에 형광등을 밝히게 되리라는 걸 알았을까. 불이 다 켜지면 무슨 일이 벌어질까. 뭔가 완전히 달라질까. 늘 그랬던 것처럼 그냥 그런 상태의 우주가 이어지는 걸까. 사진이 든 가슴팍을 더듬자 폴락이 장난기 섞인 목소리로 우주에서 새로운 신호가 왔느냐고 묻는다. 쓸데없는 이야기를 한참 늘어놓다 말고 폴락은 먼저 떠난다. 너는 폴락의 뒤에 대고 카메라를 들어 올린다. 폴락은 지지직거리지 않고 멀어진다. 너는 한쪽 눈을 감고 다시 렌즈를 들여다본다. 거기엔 아무도 없다. 어쩌면 렌즈는 정말로 망가졌는지도 모른다.

처음에는 현실에서 도망치려는 의도도 없지 않았을 것이다. 그런 의미에서 도피. 하지만 이제 그 세계는 네가 도달해야 할 현실이 된다. 그런 의미에서는 대피. 너는 반나절만 지나도 무수하게 업데이트되는 피드를 한 번 더 새로 고침한다. 조회 수가 올라간다. 목격자가 있으면 그곳은 현장이 된다. 사람들은 그런 식으로 장소를 현장으로 만든다. 나쁜 냄새는 한번 의식하자 코 안쪽에 눌어붙은 것처럼 사라지지 않는다. 도시에 밴 냄새. 너는 네가 여기서 뭘 하고 있는지 알 수 없다. 왜 여기에 그냥 머무르고 있는 건지 왜 얌전히 폴락을 기다리고 있었는지. 왜 그가 너와 같이 견딜 거라고 믿었는지. 절실함과는 아무런 상관없이, 여전히 너는 발견되지 못했다. 수없이 내려가는 피드와 거기에 담긴 갖가지 재앙 중에서도 눈에 띄는 모양이 되어야 한다. 사람들이 알아볼 수 있게. 이 근처가 이렇게 조용하다는 건, 이번에도 네가 늦었다는 의미일지도 모른다. 그런 암호쯤 이미 발견해서 다들 우주로 떠나버린 것이다. 쓸데없는 것에 정신을 팔면서 이것저것 놓치고 흘리는 동안 사람들은 해야 할 일을 한 거야. 너는 휩쓸렸다. 난나에게. 폴락에게. 얼굴도 모르는 바야란 여자에게. 제발. 지금까지 잘 참았잖아요. 너는 기도문을 외듯 마음속으로 반복한다. 어떻게든 마음을 가라앉히기 위해 난나의 사진을 꺼낸다. 검은 부분은 마치 블랙홀처럼 보인다. 빛이 없는 구역. 너는 빼앗은 것이 아니고, 그럴 의도도 아니었고, 돌려줄 것이다. 난나가 정말 되찾길 원한다면 언젠가 다시 만나게 될 것이다. 사진 위로 사진을 찍으면 모두가 한 장의 그림 속에 들어가듯이 누군가 저 밖의 차원에서 내려다본다면 지구에서 벌어진 모든 일도 같은 시공간에 동시에 존재하는 것처럼 보일 것이다. 그렇게 생각하면 누구도 헤어지지 않았으며, 난나도 너를 떠난 것이 아니다.

    그러니까, 사진. 왜 진작 그 생각을 못 했을까. 어쩌면 지지직거리는 그것들을 찍어볼 수도 있지 않을까. 아무도 그 현상에 대해 말하지 않았으니까, 그건 유의미한 발견이 될 수도 있다. 사람들은 분명 관심을 가질 것이다. 제대로 찍기만 한다면. 그걸 공유하려는 게, 바보짓은 아니겠지. 그토록 찾던 암호인 건 아니겠지. 폴락에게 말한 게 조금 마음에 걸리긴 하지만 그는 네 말을 이해하지 못했고 오히려 그걸 병 같은 거라고 치부했으니까. 하지만 알 수 없지. 그렇게 말해놓고 지금쯤 바야와 뭔가를 알아내려고 얘기를 나누고 있는지도. 갑자기 마음이 급해져 너는 렌즈를 닦다 말고 자리에서 일어난다. 해가 지고 있지만 근방을 둘러보는 정도는 괜찮을 것이다. 좀더 멀리 보기 위해 너는 긁히고 넘어지면서도 위로 올라간다. 렌즈에 눈을 대고 주변을 둘러본다. 파스텔 톤이고, 세트장 같고, 현실감이 없다. 카메라를 내리면 폐허가 된 도시가 드러난다. 지지직거리는 화면처럼 흑백. 그 탓인지 너는 여기가 어딘지 잠시 헷갈린다. 맨눈으로 보는 장소는 영원히 복원이 불가능해 보인다. 네가 여기서 할 수 있는 것은 아주 약간을 옮기는 정도로, 멀리서 본다면 치운 것과 치우지 않은 것을 구분할 수 없을 것이다. 이래서야 치우는 것도 거듭하여 무질서를 더하는 일이 될 것이다. 그래도 너는 계속할 것이다. 너는 그런 방식으로 여전히 운運에게 말을 걸고 있다. 어딘가에는, 카메라가 빛을 모으듯 사람들을 수렴하는 장소가 있을 것이고.

완전히 어두워지기 전에 너는 다시 방으로 돌아온다. 그 사이, 다시 수많은 피드가 쌓이고 너는 스크롤을 내리다 아기의 사진과 함께 통조림을 구하는 게시글을 또 발견한다. 업로더가 새로운 사람인지 같은 사람인지 알 수는 없지만 그걸 보자 알 것 같다. 난나는 돌아오지 않을 것이다. 너는 발견되지 않을 것이고, 어떤 일도 다시 시작되지 않을 것이다. 지금까지 하지 않으려 애쓰던 생각이 불쑥 너를 찾아온다. 어쩌면 난나는 이 상황보다도 너를 견디지 못해 떠난 게 아닐까. 이런 사람을 구해버려서. 모든 것 중 가장 견딜 수 없는 게 너였던 거야. 누구라도 어떤 말이라도 해야 할 것 같아 너는 사람들에게 마구 메시지를 보낸다. 아주 감정적인 상태로 떠오르는 대로 두서없이 문장들을 적는다. 격한 감정이 약간 가라앉고서야 네가 보낸 메시지들이 너를 미친 사람처럼 보이게 할 수 있다는 사실을 깨닫는다. 음침하다는 난나의 말도 떠오른다. 다시 감정이 북받치는 것을 어떻게든 가라앉히기 위해 너는 혼잣말로 욕을 한다. 큰 소리로. 네, 부르셨어요? 갑자기 들려오는 대답에 너는 깜짝 놀란다. 휴대폰에 인공지능 비서가 내장된 사실을 뒤늦게 상기하고 떨리는 목소리로 다시 이름을 부른다.

네, 부르셨어요?

사람들이 어디 있는지 알려줘.

지금 여기, 다 함께 있잖아요.

너는 휴대폰을 던지고 소리 내어 운다. 정말이지 더 이상은 견딜 수 없다.

뭐야, 어디 가?

다음 날, 정말로 필요한 물건들과 식량을 모조리 배낭에 넣고 너는 아침 일찍 길을 나선다. 눈이 휘둥그레진 폴락이 멀리서 너를 보고 달려온다.

아무래도 사람들을 만나러 가야 할 것 같아.

해온 일에 일말이라도 의미가 있다면 그 정도의 운은 따라줄 것이다.

어디로 가려고?

어디든.

하지만 사람들이 어디에 있는지도 모르잖아. 그냥 나랑 같이 여기 있자.

폴락은 어딘가 덫에 걸린 표정이다. 너는 바야 때문에 멀리 갈 수 없는 폴락의 처지를 인지한다. 덫이라니. 난나도 그랬을까. 쓸데없는 생각을 떨쳐내려고 그의 어깨를 최대한 다정하게 다독인다. 갑자기 지지직거리는 소리가 이명처럼 울린다. 가벼운 현기증. 폴락의 팔뚝을 쥐고 심호흡을 하자 멀미가 조금씩 가라앉는다. 울렁이던 소리들이 차차 흩어지고 금방이라도 튀어 오를 것 같던 세포들이 가라앉는다. 폴락은 방금 네게 일어난 일을 조금도 알아채지 못한 채 네 어깨를 두드리며 꼭 같이 지내지 않아도 자신은 괜찮다고 말한다.

부담 가지라고 한 말은 아니야. 행운을 빌게.

조금 더 명랑한 투로 그는 이만 돌아가야겠다고 한다.

나랑 같이 떠나는 건 어때? 그러니까, 바야도 말이야. 여기서 계속 이럴 순 없잖아.

계획에 없던 질문이지만 좋은 생각이라는 확신이 든다.

알잖아. 바야는 못 움직인다는 거.

그러나 돌아오는 대답은 떨떠름하다. 너는 폴락과 어색하게 헤어진다. 조금 걷다 멈춰 선다. 폴락은 특유의 가뿐한 걸음으로 멀어지고 있다. 바야는, 폴락으로 괜찮은 걸까. 난 나처럼 갑자기 떠나버릴 수 있는 상황도 아닐 텐데. 뭐가 됐든 암호에 대한 얘기도 셋이 나누면 더 나을 것이고 그게 그냥 뜬소문이어도 셋이면 더 즐거울 텐데. 어쩌면 네가 바야를 설득할 수도 있지 않을까. 번갈아 바야를 부축할 수도 있고 또 셋이라면 길에서 오래 헤매도 견딜 만할 것이다. 더 좋은 거처를 찾을지도 모르고, 혹시나 그러다 난나를 만난다면 넷이서 함께 지내게 될지도 모르지. 그러고 보니 이상하지 않나. 바야에게 묻지도 않고 너를 이렇게 순순히 보낸다는 건 뭔가 다른 꿍꿍이가 있다는 의미가 아닐까. 너는 돌아서서 줌을 당겨 폴락의 위치를 확인한다. 망설임은 짧다. 이내 그가 떠난 쪽을 향해 걷는다. 상당한 거리를 두고 소리를 내지 않으려 숨을 죽인다. 일련의 행위가 암묵적인 합의를 깨는 건 알지만 자유롭게 돌아다니는 폴락을 언제 또 만날지 알 수 없다는 사실을 면죄부로 삼는다. 사위가 고요해 너는 줌을 밀고 당기며 너무 가깝지도 멀지도 않은 간격을 두고 그를 따른다. 처음 보는 거리가 모습을 드러낸다. 이토록 다양한 모습으로 망가질 수 있다니. 네가 머물렀던 곳도 비슷할 것이다. 다들 이런 곳에 있겠지. 불필요한 의심을 사고 싶지 않아 이 방향으로 와본 적은 처음이어서 폴락이 평소에도 이만한 거리를 오갔던 것인지 위험을 피하기 위해 매번 일부러 빙 둘러 걷는 것인지 알 수 없다.

  넘어지고 긁히고 비틀거리며 걷던 너는 한참 만에야 폴락을 따라 멈춰 선다. 그는 반쯤 무너져 굴처럼 되어버린 입구로 기어 들어간다. 숨을 죽이고 귀를 기울이지만 안쪽에서는 아무런 소리가 들려오지 않는다. 바야는 잠든 것일까.

너는 조금 더 가까이 다가간다. 그 순간 발을 헛디뎌 아래로 미끄러진다. 시멘트 부스러기가 와르르 떨어진다. 이미 터져 나온 비명을 숨길 수는 없지만 얼른 입을 틀어막는다. 그러나 폴락이 튀어나오고, 네 얼굴을 보며 경악한다.

내 뒤를 밟은 거야? 너 미쳤어?

폴락이 입구를 막고 서서 악을 지른다.

진정해. 난 그저 셋이면 더 나을 것 같아서.

이제 볼 일 없으니까 통조림이라도 가져가려고? 그래서 훔치러 온 거야? 그래, 딱 본 순간 알았지. 네가 도둑놈이라는 거.

뭐야. 그러는 너는 내가 따라오는 걸 왜 몰랐는데? 발가락 레이더가 고장이라도 났냐?

기분이 상한 네가 빈정거리자 폴락은 입에 담을 수 없는 욕설을 늘어놓는다. 폴락의 뒤에서 굴은 시커멓고 깊은 입을 벌리고 있다. 블랙홀처럼. 거기서 무거운 침묵이 새어 나온다. 네가 안을 들여다보러 걸음을 옮기자 그가 가로막은 팔을 더 크게 벌린다. 너는 그를 물끄러미 쳐다본다. 눈을 마주친 그가 움찔 몸을 떨더니 입을 다문다. 묘한 정적이 흐른다.

바야라는 사람이 정말로 있긴 해?

네가 묻자 폴락의 얼굴이 순식간에 창백해진다.

그게 무슨 뜻이야?

너는 잠시 서 있다가 등을 돌리고 걷는다.

야, 뭐야. 말하다 말고 어딜 가?

너는 계속 걷는다.

새끼야, 너 표정이 왜 그러냐고!

등 뒤에서 폴락이 외친다. 한참을 걸어와서야 너는 뒤를 돌아본다. 작아진 폴락이 거기에 서 있다. 너는 카메라에 눈을 가져다 대고 줌을 당긴다. 그 순간, 퍽. 색을 머금은 물방울이 터지는 것처럼 폴락이 사방에 색색깔로 흩어진다. 너는 건물 곳곳 흘러내리는 알록달록한 물감을 본다. 깜짝 놀라서 카메라 밖으로 고개를 내밀자 방금 전까지 폴락이 서 있던 자리에는 아무도 없다. 어떤 색깔도. 그런데 폴락이 정말로 있긴 해? 너는 비웃는 듯한 네 목소리를 듣는다. 그게 네가 기억하는 폴락의 마지막이다.

가방이 어깨를 짓누른다. 죽음을 각오하고 출발했다. 사위가 고요하고, 대체 얼마큼 걸었는지 가늠도 되지 않는다. 지금, 무엇보다도 그게 필요하다. 네가 살아 있다는, 네가 지금 여기에 있다는 증명. 이젠 가슴팍의 사진만이 유일하다.

폴락의 거처를 되짚어 돌아갔을 때, 거기엔 아무도 없었다. 물감이 튄 흔적조차도. 그저 아주 오래된 흔적들. 피인지 아닌지 알 수 없는 얼룩. 구석에는 먼지가 두껍게 앉은 통조림 더미. 그 옆엔 누가 주워 온 것인지 그냥 무너진 것인지 구분할 수 없는 돌조각 무더기.

너는 일단 통조림을 전부 챙겼다. 기다렸지만 폴락은 돌아오지 않았다. 조금 더 기다리다가 너는 휴대폰을 꺼냈고 그 자리에서 인터넷이 연결된다는 것을 알았다. 인스타그램에 접속해서 평소처럼 사람들을 살피던 너는 환하게 웃고 있는 폴락의 사진을 발견했다. @pollock04. 네 팔로우 목록에 그가 있었다. 모든 일이 벌어지기 전의 사진. 물감 묻은 앞치마를 입고 고양이를 안은 채 놀리듯 바라보는 폴락의 얼굴. 그리고 언제 눌렀는지 모를 하트. 한때 좋아했던 세계. 구역질이 치밀었다. 너는 식은땀을 흘리며 속을 게워냈다. 거기엔 네가 미치지 않았다고 증명해줄 사람이 없었다. 세포들이 하나하나 터지며 하트로 변하는 것 같았다. 온몸이 진동하듯 떨리며 누가 마구 누르는 것처럼 붉은 하트가 몸 안으로 퐁퐁 솟아올랐다. 너는 이를 악물고 몸을 웅크려 그 순간을 견뎠다. 나는 안 좋아해. 아무것도 안 좋아한다고. 너는 열에 들떠 중얼거렸다.

    정신을 차리자마자 너는 통조림을 찍어 인스타그램에 접속했다. 그대로 업로드를 하려다 앞주머니에서 사진을 꺼내 그것까지 함께 첨부했다. 동조림이 많으며 아이가 있다고, 너무 아프다고, 제발 도와달라고 적었다. 떠오르는 해 시태그도 전부. 그렇게나 간단하게 너는 포착되었다. 난나의 사진이 순식간에 너의 투명함을 보장해주고, 너는 재앙의 이미지 안으로 들어갈 자격을 얻는다. 몇 개의 다정한 답글이 달리고, 여러 개의 디엠을 받는다. 그 순간 사진이 정말 난나의 것이 맞는지 의심스럽다는 생각이 들고 너는 그런 스스로가 지긋지긋하다. 너는 네가 자주 좋아했던 계정을 골라 답장을 보낸다.

　망가진 콘크리트 더미를 밟고 오르내리며 그곳으로 향한다. 마지막으로 인류를 찾아가는 것까지, 전형적인 재앙의 이미지로군. 그렇게 생각하면서도 그 전형성 안으로 무사히 걸어 들어가고 있다는 사실이 너를 안심시킨다. 너를 길들인 것이 재앙인지 다른 것인지는 알 수 없지만. 맵이 연결되는 곳이 거의 없는 데다 배터리 때문에 휴대폰을 계속 켜둘 수도 없고 길이 제대로 난 것도 아니어서 며칠을 지체한다. 겁이 날 때마다 너는 카메라를 들어 그걸 통해 본다. 아름답고, 파스텔 톤. 습관처럼 그리던 바를 정 자가 없으니 며칠이나 지났는지 알 수 없다. 간헐적으로 맵이 연결될 때마다 너는 사람들이 알려준 좌표를 확인한다. 그들이 언급한 폐건물이 근처에 있다.

　기둥에 몸을 기대고 앉아 가방을 내려놓고 다리를 주무른다. 건물들은 비슷한 모양으로 무너져 있어 사방에서 기시감이 든다. 그러자 언젠가 폴락이 잘난 척 꺼낸 블랙홀 얘기가 떠오른다. 이미 오래전 벌어진 일이 거듭 상영되고 있을 뿐이라는 것. 그렇다면 카메라가 빛을 모아 장면을 새기는 것처럼, 지금 여기서 벌어지는 모든 일은 햇빛을 빼앗긴 지구가 온 힘을 다해 빛을 그러모으고 있다는 증거가 아닐까. 그러니까 여긴 이미 아주 오래된 폐허이고 너는 한 번도 없어본 적 없던 것을 잃은 지구의 최선. 결국 여기 있는 모든 것들이 그런 식으로 아무것도 아닌, 그저 지구가 지구를 기억하는 방식. 네가 폴락에게 그러했듯이. 너는 그 어느 때보다도 지구와 연결되어 있음을 느낀다. 그러면 지금 너는 가장 최신의 과거로 수렴하고 있는 것일까. 이제 끝에 가까워지고 있는 것일까. 몇 번째의 상영일까. 거기서 세 번 잠들고 깨어나자 불안감이 찾아온다. 채널을 돌리지 말아요. 제발, 채널을 돌리지 말아요. 네 잠꼬대를 너는 듣지 못한다. 한 번을 더 잠들고 깨어나서야 멀리서 점 두 개가 움직이는 게 눈에 들어온다. 점이 점차 가까워지면서 이내 두 여자가 이쪽으로 다가오는 것을 식별할 수 있다. 그들은 야구방망이와 쇠 파이프 같은 것을 들고 있다. 가까워지자 너는 그들이 지지직거리고 있다는 사실을 알아채지만 그걸 굳이 말하지는 않는다. 이젠 아무래도 상관없다.

    통조림 먼저 확인해야 해요.

    익숙하다는 듯, 성가시다는 듯 쇠 파이프가 거칠게 말한다. 사람의 목소리를 들으니 통제할 수 없는 감정이 치밀지만 이내 고약한 살냄새가 그것을 가라앉힌다. 목소리는 입이 아니라 아주 깊은 곳에서부터 우러나오는 것처럼 들리고 지지직거리는 소리가 섞여 있긴 해도 어렵지 않게 알아들을 수 있다. 너는 멍청한 짓을 한 건 아닐까 잠깐 생각하지만 이전처럼 돌아가느니 차라리 여기서 죽는 게 낫다. 가방을 내밀자 야구방망이가 지퍼를 열고 안에 담긴 통조림을 헤아린다. 둘이 시선을 교환하고 야구방망이가 고개를 끄덕인다.

    당신은 좀 희미해 보이네요.

쇠 파이프가 그제야 걱정스러운 듯 말한다. 저들 눈에 너는 그렇게 보이는 걸까.
몸은 좀 괜찮아요? 우리 쪽에 의사가 있어요.
야구방망이도 누그러진 목소리로 덧붙인다.
혹시 난나라는 이름 들어봤어요?
여자들은 그런 이름을 들어본 적 없다고 한다.
바야는?
야구방망이가 어리둥절한 표정으로 @vaya_1999를 말하는 거냐고 되묻는다. 너는 맞다고 대답한다. 사람들은 너를 부축해서 자신들이 모여 있는 곳으로 데리고 간다.

몇 층이었는지 모를 병원은 1층을 제외하곤 전부 무너져 있다. 너는 네가 청소하던 것과 비슷한 흔적들을 발견한다. 어디선가 노이즈가 섞여들고 가까워질수록 그 소리는 점점 더 커진다. 보이지 않던 사람들이 다 여기 있었나 싶을 정도로 많다. 움직일 수 있는 사람은 움직이면서 도움이 필요해 보이는 사람들을 돕고 있다. 사람들은 드문드문 그걸 찍고 실시간으로 업로드한다. 너는 그들 틈에서 자연스러워 보이기를 바라며 사람들의 얼굴을 유심히 살핀다. 난나는 여기 없다.
키가 작고 까무잡잡한 여자와 단발머리가 안쪽에서 걸어 나온다. 피드에서 본 고양이 사진. 버터컵을 똑 닮은 눈동자. @vaya_1999. 너는 허둥지둥 다가가 네가 @pollock04를 안다고 말한다. 마음이 조급해져 더듬거리며 그의 외양과 그에 대해 아는 것들을 나열한다. 말을 하면 할수록 그것들이 그저 피드를 몇 번만 넘겨도 쉽게 알아볼 수 있는 정보라는 걸 깨닫지만 얘기를 듣던 바야가 갑자기 얼굴을 일그러뜨리며 울음을 터트린다.

정말 좋은 애였는데.

감정이 북받친 바야의 몸이 터질 듯 지지직거린다. 하얗고 까맣고, 해상도가 낮은 사진처럼 윤곽이 이리저리 흩어졌다 모여든다. 지지직. 지지지직. 너는 약간 겁에 질린 채 스파크를 튀기는 살의 경계를 본다. 만지면 정전기가 일어날 것 같다. 가까이서 보고 있자니 쉬지 않고 붙었다 떨어지는 그건 꼭 세포분열처럼도 보인다. 너는 무심코 목에 걸린 카메라를 들어 바야를 담는다. 핑크와 스카이블루 톤의 바야가 너와 눈을 맞추고 미소 짓는다. 화들짝 놀란 네가 카메라를 떨어뜨린다. 바야는 여전히 울고 있다. 비밀 암호…… 너는 떨리는 손으로 가슴팍을 더듬는다. 사진의 윤곽이 만져진다. 그것만이 남았다. 찾아야만 사과를…… 아니, 이유를……

찾던 사람이 없어요?

뒤에서 지켜보고 있던 또 다른 여자가 상냥한 목소리로 묻는다. 돌려줄 때까지, 너는 살아 있어야만 한다. 사과를 해야 한다. 난나에게. 아니, 난나가 아니라……

아기가 있다면서요?

너는 뭔가를 증명해야 할 것 같은 기분으로 앞주머니에서 사진을 꺼낸다. 그걸 내려다본 여자가 빙그레 웃는다. 목격자가 있으면 현장이 되니까. 이제 이곳도 현장이 된다. 네가 여전히 목격자이듯이.

이름은 정했어요?

여자의 물음에 너는 무심코 대답한다.

난나.

그 순간 깨닫는다. 네가 모든 미래의 순간까지 끌어 이곳에 존재하고 있다는 것. 여기, 너와 미래가 동시에 존재한다. 반복된다는 건 그런 의미. 난나가 올 것이다. 네가 가는 것인지도 모르지만. 저 멀리서 찍는다면 한 장에 전부 담길 테니까 순서는 크게 의미가 없다. 비가 내렸는지 사방에 물방울이 맺혀 있다. 물방울마다 세계의 모습이 담겨 있다. 그것이 아래로 조금씩 흘러내린다.

걱정 마세요. 이런 곳이 많대요.

많다고요?

모두가 애쓰고 있으니까 나아지지 않을까요. 금방 찾을 수 있을 거예요.

건물 전체가 지지직거리는 것처럼 느껴진다. 너는 입술을 달싹인다. 여자는 너의 손에 들린 카메라를 보고 미소 짓는다.

지금 멋지네요. 찍어드려요?

얼떨결에 카메라를 내밀자 여자가 그것을 받아 든다. 맞닿은 손끝이 저리다. 렌즈가 네 쪽을 향한다. 미래라니. 안쪽에서부터 불이 붙은 듯 뱃속이 뜨겁다. 한때의 지구처럼. 들을 만한. 들어야 하는. 거대한 울음소리가 귓가를 울린다. 어쩌면 여기는 텔레비전의 안쪽일지도 모른다. 또는 모니터 안쪽. 오래전 버려진 웹 사이트. 한 장의 피드. 그저, 누군가의 안주머니. 안쪽이 흰색과 검은색으로 가득 차오른다. 혹은 0과 1. 퐁퐁 솟아오르는 하트. 너는 빈틈없이 붙어 있던 세포가 안쪽에서부터 헐거워지는 것을 느낀다. 셔터를 눌러 본 여자가 고장 난 거 같다고 중얼거리며 다시 너를 담고 장난스럽게 셔터를 누른다. 그 순간 너는 우주에서 아주 거대한 카메라가 네 방향으로 렌즈를 돌리고 줌을 당기는 상상을 한다. 무언가가 뱃속에서 한순간 단단하게 붙었다 떨어진다. 그 일치감. 수렴. 압축. 접착. 더블클릭. 찰칵. 빛의 방향을 봐. 너의 아주 깊은 곳에서부터 지지직, 하는 소리가 새어 나온다. 작고 둥근 비행접시들이 머릿니 퍼지듯 분사되고 있다. 너는 이곳을 무사히 떠난다. 너는 이곳에 남는다. 너는 이제껏 그런 식으로 대피를 거듭해왔다. 무의미로부터. 침묵으로부터. 어둠으로부터. 사라짐으로부터. 흩어져 뒤섞였다, 각도에 따라 사람처럼도, 동물처럼도 보이는 윤곽으로 거듭 포착되면서. 그런 식으로 모든 것과 연결되어서. 자꾸 무엇인가 되어가면서. 변덕처럼. 공회전처럼. @. 다시 @. 영원히 미끄러진다. 그저, 다른 방식으로 존재하겠다고 결심만 하면 돼. 언젠가의 네 목소리. 보고 있어? 보고 있냐고. 이것이 너의 기억인지, 흩어졌다 마음대로 엉겨 붙었을 뿐인 이야기인지 알지 못하지만. 잘 봐, 해가 비추는 사진이야. 너는 발산을 시작한다.

트리허거

김성중

이것은 3막으로 된 이야기야.

1막은 우리가 만난 탁록 전투(치우는 황제와 10년 동안 싸우는 중이었어), 2막은 우리가 사랑에 빠진 트리허거 기지의 대피소(치우와 나는 다섯번째 태양을 만드는 작업에 동원됐어), 3막은 글쎄, 여든한 개의 별을 사이에 두고 서로 그리워하던 우리가 재회하는 먼 미래가 되려나? 지금, 입술을 열어 너에게 이야기를 시작하는 지금은 2막과 3막의 사이, 그러니까 '막간'이라고 할 수 있겠네. 막간을 이용해서, 본격적인 이야기를 하기 전에 물부터 한잔 마셔야겠어. 틈틈이 물을 마시느라 이야기의 흐름이 끊기더라도 이해해주기 바라. 호수 하나를 통째로 들이마셔도 나의 목마름이 가시지 않으니까. 물에 대한 끝없는 갈망, 갈渴 혹은 한발旱魃. 내 이름은 한발이야.

나는 황제의 딸이 아니라 발명품에 가까운 존재야. 나와 같은 공주들 — 생체 병기로 태어나 은하 곳곳에서 아버지의 전투를 위해 싸우는 존재들 — 은 가스의 얼음으로 뒤덮인 구름에서 불려 나와 쓸모를 다할 때까지 해로운 발자취를 남기며 증오의 대상으로 살아왔지. 인간의 관점에서 보면 피땀 흘린 노동이 내 입김 한 번으로 시들어버렸으니 당연한 일이야. 농사를 짓기 위해 저수지에 가둔 물, 깊은 산속에서 솟아나는 샘물, 상서로운 잉어를 키우는 연못 물. 나는 아버지의 손가락이 가리키는 곳을 찾아가 물이란 물은 모조리 마셔버렸거든. 내가 지나가는 자리마다 가뭄과 기근이 들고 아사자가 속출했지.

 말하다 보니 오래된 우물 위로 덤불과 지푸라기를 덮어 위장했던 어느 시골 마을이 생각난다. 바싹 마른 손으로 우물 덮개 위 덤불을 치우자 여자들이 다투어 이마를 땅에 찧으며 제발 이 우물 하나만 남겨달라고, 어린아이가 수십 명이니 목숨만 살려달라고 빌고 또 빌더라. 목구멍까지 허옇게 말라붙은 나는 대답할 여력도 없이 단번에 우물을 끝장내버렸어. 과즙을 빨아 마시고 과육은 버리듯, 대들던 여자들의 피조차 모조리 흡입하고 그곳을 떠났지. 독기 어린 눈에 비친 적개심. 그건 내가 어디서나 마주치는 눈빛이야.

 아버지는 불타는 작은 행성 하나를 내 가슴에 통째로 집어넣어 빚어냈다고 말씀하셨어. 그러니 나를 얼마나 간단히 조종할 수 있겠어. 목이 마를수록, 갈증이 커질수록 내 힘은 파괴적으로 변해 아버지의 승리를 도왔지. 거울을 들여다보면 영락없는 마녀의 형상이야. 음울한 눈빛과 바싹 마른 입술, 뱀 허물처럼 거스러미가 인 피부, 조열한 성질 때문에 어떤 터럭도 자라지 않는 비루한 신체. 나는 언제나 무명천으로 몸 전체를 가리며 살아왔어. 붉은 천은 절대로 쓰지 않아. 붉은색은 괴물의 색이니까. 나는 내가 괴물이라는 것을 잘 알고 있어.

 치우, 치우도 붉은 얼굴의 괴물이야. 우리는 동족이지. 잡종이고, 외계인이야. 우리는 더는 존재해야 할 이유를 알지 못한 채 우주를 떠도는 별의 먼지에 불과해. 그렇다면 아버지는? 아버지도 우리와 같은 성분으로 만들어진 존재가 아닌가? 아버지는 문자와 수레, 바다에 띄울 배와 병든 이를 낫게 할 의술을 발명하셨어. 지구를 떠난 다음에도 무언가를 만드는 일은 멈추지 않으셨고, 내가 물을 갈망하듯 언제나 별을 갈망하시지. 아버지는 괴물을 죽여 영웅이 되고 싶은 걸까? 괴물을 물리치느라 괴물을 만든 것일까? 이렇게 먼 곳으로 보내놓은 나를 한 번이라도 떠올리실까? 그가 나를, 물을 감지하는 한낱 도구로 취급했던 지난날을 떠올리면 솔직히 수치스러워. 마침내 모든 전쟁이 끝나고 태양계로 진출했을 때, 아버지는 사냥개를 풀어놓듯 발 딛는 행성마다 나를 앞세워 물의 유무를 감지했지. 어쩌다가 물을 찾아내도 겨우 입술이나 축이게 허락할 뿐이었어.

─네가 찾아내는 물보다 마셔대는 물이 훨씬 많구나.

이것이 아버지가 내린 판단이야. 쓸모에 비해 비용이 많이 드는 노예에게나 할 법한 평가 아니야? 내가 물을 조금만 마시는, 아버지 마음에 드는 딸이었다면 얼마나 좋았을까.

인간이 아니라고 해서 물이 필요하지 않은 것은 아니야. 기계 군사를 만드는 데도, 식히는 데도 물이 들어가거든. 그것도 중수와 같은 무거운 물이. 한 방울이 한 우물의 값어치를 하는 물을 찾아낸 적도 있지만 나는 항상 군사들에게 양보해야 했어. 그들은 아버지가 나보다 더 자주 찾고 사랑하는 도구였으니까.

아버지 생각을 더는 하지 말아야겠어. 그러면 심장의 불덩어리가 울혈처럼 치받아 올라 가슴이 더 타들어가니까.

*

 탁록 전투가 끝난 후 내 앞에 기다리고 있는 운명은 먼 우주로의 망명이었어.

 인간들이 나를 멀리 보내라고 간청하고 또 간청했거든. 그래서 다음번 행선지는 지구에서 수억 광년 떨어진 곳, 라니아케아의 등줄기 너머 은하의 사슬이 닿지 않는 캄캄한 우주의 한 기지였어. 붉은 강을 건너 열두 은하쯤 내려왔더니 말라비틀어진 누런 별들만 나오더라. 우리 괴물들은 고립되면 마음이 놓이는 경향을 가진 모양이야. 나는 장기 여행자의 느릿한 리듬을 즐기며 긴 항해에도 지루하거나 싫증나는 줄을 몰랐지.

 그러나 중력과도 같은 갈증이 나를 강타하곤 하지. 새로운 별에 도착할 때마다 나는 어딘가 있을지 모를 암석의 눈물을 찾기 위해 천천히 걸어 다니곤 해. 물이 흐르는 행성은 암석으로만 이루어진 행성보다 밀도가 낮기 때문에 발끝으로 미세한 중력의 변화를 측정할 수 있거든. 물의 기억을 더듬어 마침내 수원지를 찾아내는 순간 달이 파도를 당기듯이 온몸의 피가 출렁거리는 것은 정말 짜릿한 감각이야. 우주에서 나만큼 암석의 눈물을 달콤하게 음미하는 이는 없을 거야.

다섯번째 태양을 만들어내기 위한 기지.

가이드용 자료에는 트리허거tree hugger 행성에 대한 설명이 이렇게 요약되어 있었어.

착륙하기 직전 행성 중앙에 위치한 거대한 삼나무―비록 이미지에 불과하지만―를 중심으로 공장 행성이 내려다보이더군. 기지 전체가 나무를 껴안듯이 방사형으로 뻗어나가는 구조로 설계되었더군.

첫인상은 대규모 토목 공사장과 흡사해 보였어. 궤도 엘리베이터와 채굴기, 건설용 드론과 자재 운반선이 빼곡하게 들어찬 구획이 정연했고, 땅에서 추출한 금속과 실리카, 희귀 원소 들이 기지에 운반되고 있었어. 이 행성은 쓸 만한 위성 여섯 개를 품고 있는데, 그것들도 차곡차곡 부수거나 채굴해서 재료로 쓰는 것 같았어. 그 가운데 여왕같이 박힌 세번째 위성 아스테리아는 다섯번째 태양으로 거듭날 대관식을 준비 중이었지.

지상의 공장에서 다이슨 구체의 핵심 부품을 만드는 것이 1차 공정이라면, 공중에서 광학 필라멘트로 자재를 붙이며 틀을 짜는 것은 2차 과정이야. 자두 껍질 같은 보라색, 녹슨 구리에서 나는 청록색 빛들이 어른거리며 조가비 모양의 패널을 만드는 모습은 나름 장관이긴 해. 창공에서 펼치는 거대한 신의 붓질 같다고 할까. 패널을 에워싼 자율 기계의 반짝거림이 내 눈에는 반딧불의 그것처럼 소박하고 아름다워 보였어. 새로운 풍경을 보아도 언제나 지구의 자연물에 빗대어 표현할 수밖에 없는 것 같아.

착륙하기 전 상공에 펼쳐진 다이슨 구체의 주변을 한 바퀴 돌아 전체 규모를 가늠해보았어. 용골 없는 배처럼 골조가 허공에 걸려 있고 아랫부분부터 수 겹의 패널이 맞물리면서 거대한 연잎처럼 겹겹이 위성을 감싸고 있더군. 지상의 공장과 하늘의 구조체를 묶어서 표현하자면 덩치 큰 코끼리를 사냥하는 개미 군단 같았어.

자세히 들여다보면 완성된 부분에서는 이미 빛을 채집하여 에너지를 모으는 중임을 알 수 있었지. 틈새의 가느다란 빛이 울부짖으며 용광로처럼 달아오르더군. '다섯번째 태양'은 이 무지막지한 감옥에 완전히 갇혀 생명력을 빨아 먹힐 자신의 미래를 알고 있는 듯했어. 검푸른 패널들이 수술용 메스처럼 번쩍거릴 때마다 아스테리아는 섬광으로 된 비명을 질렀으니까. 패널은 그 울부짖음에 반응해 미세하게 기울어지며 각도를 달리했지. 광자 수확 패널이 벌겋게 달아오른 모습은 실핏줄에 흐르는 피처럼 보였는데 그렇게 생각하니 참을 수 없이 목이 말라오더군. 마른침을 삼킬 때 갈라지는 내 목구멍을 보는 것 같아서.

─다이슨 구체는 부분만 완성되어도 에너지를 충전할 수 있어. 조금만 만들어서 가동한 다음 나머지를 만드는 에너지는 거기에서 충당하면 돼. 3분의 1만 만들어도 전체를

완성하는 건 식은 죽 먹기지.

 평생 식은 죽 따위는 먹어본 적 없는 위인이 저런 표현을 쓰다니 우습지 않아? 아버지는 나를 트리허거로 보내면서 굉장한 기회를 주는 것처럼 굴었어. 황폐해진 지구를 떠나 새롭게 직조되는 은하에서 새 인생을 시작하라고. 다이슨 구체가 완성되면 그 에너지로 뭐든지 할 수 있다고. 네 종족을 만들 수도, 문명을 시작하거나 파괴할 수도 있으며 힘과 전능을 실감할 거라고 말이야.

 ─그 전에 태양부터 잡아넣어야겠지만.

 윗니가 반만 드러나는 황제의 웃음은 너도 본 적 있지? 이 계획이 성공한다면 앞선 '네 개의 태양'을 포획하는 데 실패했던 전력을 상쇄할 커다란 성취를 가져오겠지. 앞으로 외은하에서 태양을 얼마든지 캐낼 것이고, 사냥한 별을 도륙해 살찐 광자를 빨아 먹을 수 있고, 그러면 에너지 걱정 없이 은하 어디에든 황제의 도시를 세울 수 있을 테고 말이야.

 잡은 태양으로 뭘 할 거냐고 묻자 더 큰 태양을 만들지, 라며 웃었던 내 아버지의 끝없는 야망. 아버지가 정말로 붙잡고 싶은 별은 다섯번째 태양 정도가 아닐 거야. 아버지의 꿈은 태양의 후예를 자처한 모든 왕과 비슷하지만 한 가지 다른 점이 있어. 우리 아버지는 아예 태양 자체가 되고 싶어 해. 그는 성공의 달콤한 부산물을 즐긴 적도 없고 늘어지게 휴식을 취한 적도 없어. 내가 목이 마르지 않은 내 상태를 상상할 수 없듯이 아버지도 무언가를 정복하지 않는 자신을 떠올릴 수 없던 게 아닐까? 그런데 행위 자체가 목적이 되어 버리면 아무리 황제라도 노예나 다름없지 않아? 일, 일, 일. 언제나 일에만 붙들려 있으니까.

    도착지가 다가오자 또다시 절망적인 희망이, 슬픔만을 안겨주는 희망이 차오르기 시작했어. 우주 어딘가에 목마르지 않는 나의 별이 있고, 황폐한 마음을 채워줄 누군가를 만나게 될 거라고.

*

    트리허거 내부 기지에서는 언제나 옅은 금속 냄새가 풍겨오고, 미세한 진동음이 들려왔어. 사람보다 기계에 맞춰 설비한 곳이라 더 황량하게 보이는 것 같아. 이곳에서 인간의 존재는 기계의 틈새를 메우는 역할에 불과하니까.

    그런데 이 침묵을 깨고 함성이 들려오는 순간이 있어. 인공 광자가 비치는 거대한 격납고 중앙, 정찰 드론의 감시가 닿지 않는 곳에 사람들이 원을 그리며 모여 있어. 웃통을 벗은 남자들은 비 오듯 땀을 흘렸어.

    내가 '의무관 보조'라는 신분으로 위장하고 트리허거에 온 목적은 아버지의 지시에 따라 반란의 조짐을 확인하기 위해서야. 이 별에는 요주의 인물이 있어 그를 각별히 살펴야 한다고 지시하셨어.

    이렇게 써놓으면 거창해 보이지만 건강한 남학생들만

있는 학교의 보건교사 같은 역할이야. 의무실을 찾는 이들은 거의 없거든. 다들 혈기 왕성한 젊은이인 데다 격납고에는 보호 장비와 약물이 구비되어 있어 고의가 아니고서는 신체를 다칠 일이 드물지. 그러나 보급품 수급 문제로 대기가 길어질 때마다 대원들은 호전적인 놀이를 시작하곤 했어. 이런 관행은 내가 오기 전부터 이어진 것 같아.

그런데 이건 발각되면 경력에 금이 가는 정도가 아니라 위험한 곳으로 추방될 수도 있는 문제거든. 그럴수록 금기를 위반하는 스릴까지 더해져 다들 격투에 몰두했고, 팀별로 대표 선수를 선발해 맞붙었어. 맨몸으로 벌이는 격투는 남아도는 힘과 젊음이라는 독소를 빼는 요소로 작용했지. '기계들은 빼고' 오로지 인간의 순수한 완력을 시험하는 일에 그들은 자부심을 느끼는 것 같아.

지루함이 쌓일 때마다 에너지를 풀어내는 남자들의 방식이 비슷비슷하다는 것에 나는 새삼 놀라곤 해. 생의 절반을 전쟁 속에서 보냈으면 싸움이 물릴 만도 한데 그들은 늘 주먹을 쥐고 힘을 겨루다가 웃으며 헤어지거든. 첨단 기계 사이에서도 맨몸 격투의 인기는 한 번도 식은 적이 없다니까. 그렇게 부상을 당한 후 의무실에 실려 와 쉬쉬하면서 터진 상처를 소독하거나 봉합해달라고 부탁한단 말이야.

—수리공이 또 이겼어.

—도무지 적수가 없군.

—처음에는 기계인 줄 알았다니까. 나 원 참! 인간 머리

가 어떻게 그럴 수 있지?

― 생긴 것도 소름 끼치잖아. 얼굴 전체에 타투라니.

사람들의 수군거림을 엿들어 웬 소년 장사가 박치기 기술 하나로 주목을 끌고 있다는 정보를 얻었지. 그 소년이야말로 '요주의 인물'이라는 것도 직감으로 눈치챌 수 있었고.

그는 죽여야 마땅하지만 낙인을 찍고 살려두어 복수하는 반란군 수장, 구리로 된 이마와 쇠로 된 머리를 가진 동두철액銅頭鐵額 치우였어. 아버지는 그를 제압하기 위해 10년에 걸쳐 무려 일흔세 번이나 전투를 치러야 했지. 일흔세 번! 정말 끈질기지 않아? 황제는 주력부대의 궤멸을 겪은 적이 있고 그러다 수염을 뜯긴 적도 있지. 그 치욕을 절대로 잊지 못하실 거야.

치우는 모든 반란군 중 가장 지독한 자였고 부하들의 충성 또한 대단했어. 여든한 명의 병사를 그는 형제라 불렀고 부대의 모두가 쇳가루와 돌을 먹는다는 소문이 돌 만큼 그들은 장기전에도 지치지 않았지. 여든한 명은 아주 많은 인원이야. 아홉 명씩 아홉 번 더하면 나오는 숫자니까. 치우의 병사들은 10년간의 전투에서도 수가 줄어들지 않고 항상 일정했어. 철을 제련할 줄 아는 치우는 무기를 만들어 썼지. 동쪽 갈로산 어딘가에 제련소를 짓고 전투 기계를 만들어낸다는 풍문이 있을 정도였지.

치우의 병사 중 가장 위협적인 존재는 우사와 풍백이었어. 우사는 점잖은 학자처럼 생겼지만 비를 부릴 줄 알았고,

풍백은 세상사에 관심 없는 자유로운 한량처럼 보였지만 안개를 만들어냈지. 그 둘이 황제의 부대 위로 비와 안개를 뿌려대면 혼란이 일어나는 거야. 전투다운 전투를 치러보기도 전에 말과 전차가 진창에 빠져버리거나 아군끼리 싸워 부상병이 나오기도 했지.

물론 우리 아버지도 그런 걸 내버려둘 양반은 아니지. 지남차指南車를 발명해 안개 속에서 위치를 파악하고, 가뭄의 여신인 나를 불러 물기를 증발시켰어. 우사와 풍백의 술법을 무력화하기 위해 내가 들이마신 비와 안개의 양이 얼마나 되는지 너는 상상도 못 할 거야! 내가 한계를 보이자 아버지가 너를 호출하셨지. 날개 달린 최종 병기, 황제가 가장 아끼는 응룡을.

처음에는 괴조인 줄 알았어. 먹구름이 한낮의 태양을 뒤덮어 어두컴컴한 가운데 너의 그림자가 드리워졌지. 지상에 가까워질수록 거대한 네 발과 날카로운 발톱, 기다란 수염과 나뭇가지 같은 뿔, 몸 선체를 뒤덮은 무지갯빛 비늘이 선명해졌어. 햇빛 아래에서는 붉은 기가, 그늘 아래에서는 푸른 기가 도는 네 비늘은 갑옷처럼 단단해서 어떤 병기도 네 몸을 꿰뚫을 수 없었어.

나는 땅을 말리고 너는 하늘의 물기를 조절했지. 너는 똑같은 방식으로 치우의 부대를 응징했어. 그들의 부대에도 비와 안개를 뿌리며 무기에 녹이 슬게 만들었지. 전사하지 않는다면 치우는 당연히 효수될 거라고 생각했어. 다만 구리로 된 이마와 쇠로 된 머리를 자를 칼이 무엇일까 궁금했지.

    기지에서 그와 처음 마주쳤을 때 곧바로 알아보지 못했어. 전쟁터에서 본 모습과는 딴판이었으니까. 단순히 무장을 하지 않았거나, 곁을 지키던 우사와 풍백이 보이지 않았기 때문만이 아니라 뭐랄까, 아주 납작해져버렸거든. 치우가 전쟁터에서 거대한 산과 같았다면 트리허거에서는 자잘한 돌멩이 같았어. 기억을 잃은 두 눈은 텅 비었고 등도 구부정한 데다 이마에서 쇄골까지 이르는 두경부 전체에 아버지의 필체로 쓰여진 타투가 새겨져 있었지. 글씨체만 봐도 아버지의 냉기 어린 육성이 들려오는 듯했어.

> **진실로 위대한 황제. 그 위엄 앞에 모든 것은 경배하라. 짐승 치우의 타락한 심장과 육신을 봉인한다. 이마에 새긴 맹세로 다시는 대항치 않으리라. 이 맹세가 거짓이라면 심장은 불타리라.**

    이 글자를 해석할 수 있는 이는 아마도 기지 전체에서 나밖에 없을 거야. 그 의도를 짐작할 수 있는 이도. 황제는 치우의 얼굴에 이 글자를 새김으로써 적이던 그를 살아 있는 비석처럼 만들어버렸어. 글자를 읽지 못하는 사람이라도 얼굴 전체에 새겨진 타투의 의미는 단박에 눈치챌 거야. 큰 죄를 지어 벌을 받는 존재이자 추락한 노예라는 메시지 말이야.

 생체 정보를 업데이트하기 위해 의무실에 온 치우를 처음 대면했을 때, 그는 기계나 사물처럼 무감각해 보였어. 아무런 감정도 읽히지 않는 눈으로 시력 테스트용 도안을 멍하니 바라보고 있었지. 왕에서 노예로, 앎에서 무지로, 힘에서 무력으로 뒤바뀐 현실이 그에게 그다지 고통을 안겨주지 않은 것처럼 보였어. 일하지 않는 소처럼 느른하고 평화로워 보였거든. 그러나 전투장에서는 달랐지.

 겉보기에 치우는 성장기에 영양을 제대로 섭취하지 못해 덜 자란 듯한 소년의 모습이었어. 별다른 전투 기술도 없었고 주먹이 맵거나 빠른 것도 아니었지. 다만 발이 빨라 결정적인 펀치를 잘 피했고 기회를 엿보아 상대방에게 박치기 한 방 먹이는 것이 전술의 전부였어. 단단한 이마로 상대를 찍는 순간 금속 벽에 파이프가 부딪치는 둔탁한 소리가 나며 상대방은 피 칠갑이 됐어. 그러고는 터진 부위를 부여잡고 의무실로 달려오곤 하는 기야. 재생 연고를 발라주면서 치우에 대한 소문은 줄기차게 들었지만 정작 그렇게 만든 자는 이곳에 올 일이 없을 것 같았어. 다치지 않는다는 점에서 그는 여전히 동두철액이었어.

 박치기왕, 스패너 귀신, 잠든 황소, 돌 대가리…… 기지 사람들은 여러 별명으로 치우를 부르며 승리에 열광했지. 말보다 몸이 먼저 나가는 단순한 성격의 치우는 트리허거에서 말단 수리공이었어. 그에게는 우주로 나갈 때 장착하는 외골격 슈트가 전부 필요하진 않았어. 최소한의 차폐 장치만 하고 우주로 나가는 모습은 산소통 하나만 메고 심해로 들어가는 프리 다이버처럼 보였어.

    이곳에 머무는 인간 대원은 약 일흔 명. 거대한 시스템을 유지하는 것은 기계의 일이지만 인간의 즉흥성이나 임기응변이 필요한 순간이 없지는 않았어. 틈새 메우기의 달인 중 하나가 스패너를 손에 든 치우였지. 강하고 빨랐지만 그에게는 한 가지 문제가 있었지.

    ─일만 잘하면 뭐 해? 잠들면 짐짝이 돼버리는걸.

    ─우주에 두고 올 수도 없고. 파트너만 환장하는 거지.

    드물지만 기면 발작 증세를 가지고 있더라고. 그가 일하다 잠들어버리는 바람에 우주에 흘리고 온 스패너가 수십 개라는 말이 전해질 정도였어. 나는 갑작스러운 기면 발작과 기억상실 사이에 모종의 상관관계가 있다는 사실을 눈치챘어. 얼굴에 새겨진 타투로 된 봉인이 그의 기억이 튀어나오는 것을 누르고 있지만 그것으로 완벽하게 제어되지는 않았나 봐. 그래서 기억이 되살아날 조짐이 보이면 검은 먹물로 씌어진 타투가 황금색으로 변하면서 더 강력하게 그를 압박했어. 그러면 전구의 퓨즈가 나가듯 잠 속으로 툭 빠져드는 거야. 말하자면 이중으로 된 잠금장치 속에 안전하게 갇혀 있는 상태였어.

    그러나 자신의 처지를 모르는 치우는 잘 먹고 잘 지냈으며 우주에서의 작업도 즐거워했어. 무중력 공간을 유영하며 공구를 들고 춤추듯 헤엄치는 모습이 자유롭고 행복해 보여 나는 그에 대한 동정을 삼가기로 했지.

*

산소 누출 경보음이 울렸을 때 나는 차트 정리를 마치던 참이었어.

처음에는 대수롭지 않게 생각했어. 안전에 대한 경각심을 일깨우기 위해 종종 기습으로 시행하는 훈련일 거라고 여겼거든. 추락한 드론 파편이 창문에 부딪히면서 거미줄 같은 실금이 생기고 나서야 정신이 번쩍 들었어. 외부 모니터를 켜자 상공에서 연속으로 터져 나오는 강렬한 섬광이 보이더군.

"무슨 일이죠?"

복도를 내달리는 대원 하나를 붙잡고 묻자 사고가 났다는 답이 돌아왔어. 태양광 패널 전송 회로에 문제가 생기면서 엄청난 에너지 과부하가 걸려 폭발이 일어난 거야. 곧이어 두번째 폭발이 일어나면서 기지 전체의 전기가 나갔어. 그와 동시에 내 몸이 허공으로 약간 떠올랐어.

―통신 시스템도 먹통이고, 중력 제어장치도 불안정해.

대형 사고임을 직감한 사람들은 안전실로 대피하고 있더군. 나 역시 생명 유지 장치가 붙은 헬멧을 찾아 쓰고 무리를 따라 복도로 나갔지. 안전실까지의 거리는 약 150미터.

일단 도착하기만 하면 밖에서 핵이 터지든 말든 버틸 수 있을 거라고 생각했어. 그러나 천장이 무너지면서 금속 파편이 우박처럼 쏟아져 길이 막혔어. 나는 패닉에 빠졌지. 무음의 파괴는 오로지 빛과 진동으로만 알아차릴 수 있어서 폭발음을 듣지 못한다는 상황이 두려웠어.

강렬한 백색 섬광에 이어 푸른색과 보라색 플라스마 기둥이 허공에 솟구치더니 파편이 날아왔어. 다리를 맞고 쓰러진 나는 이동을 포기했어. 찢어진 슈트 사이로 흘러드는 냉기를 느끼며, 피를 흘리며 벽에 등을 기댔지.

최후를 기다리던 시간이 얼마나 지났을까. 금속판이 찌그러지는 소리가 들려왔어. 누군가가 내 앞의 장애물을 치우고 손을 뻗었지. 틈새로 손을 잡자 그는 다른 팔로 잔해를 치우면서 나를 일으켜 세웠고, 그 순간 아버지의 필체가 보였어.

치우가 나를 기지 밖 대피소로 데려가는 동안 다시금 불기둥이 솟구치며 중앙의 거대한 삼나무 이미지 위로 구체 일부가 무너져 내리는 것이 보였어. 지진 같은 진동이 일렁이는 파도처럼 땅을 구부리는 동안 치우는 기지 밖 나무 밑동에 숨겨진 작은 대피소를 찾아냈어.

해치 문을 닫는 순간 붕괴한 건물의 파편이 지붕 위로 떨어져 내리는 소리가 들려왔지. 대피소 벽을 더듬거리던 나는 스위치를 찾아 불을 켰어. 불을 밝히자 둥근 캡슐 모양의 내부가 드러났고 두 명이 들어가자 무릎이 벽에 닿을 정도로 좁은 실내가 느껴졌어.

"물, 물이 필요해!"

나는 미친 듯 뛰는 심장을 느끼며 서둘러 비상식량 꾸러미 속에서 생수병을 찾았어. 급하게 물을 마시다 사레가 들려 연거푸 기침하고 있는데 치우가 처음으로 말을 걸어왔어.

"당신을…… 전에도 본 적이 있는 것 같은데."

물론 구면이지. 우린 맞붙어 싸운 적수였으니까 말이야. 내 마른 입술이 그에게서 기억의 일부를 떠올리게 한 것일까? 타투의 검은 글씨가 점점 변하기 시작했어. 좁은 공간 속에서 타투 색깔이 변하자 그는 두통이 밀려오는 듯 이마를 찌푸렸어.

짐승 치우의 타락한 심장과 육신을 봉인한다.

검은 타투는 붉은색으로, 그러다 황금색으로 달아오르며 치우의 이마를 파고들었어. 치우는 달궈진 인두에 얼굴이 지져지는 것처럼 이를 악물었어. 전신에 비 오듯 땀이 쏟아졌고 눈에는 극도의 공포가 떠올랐어. 곧 기면 발작이 일어날 것이라고 예상했지. 그러나 그는 잠들지 않았어. 그렇게 고문과도 같은 고통을 견디는 동안에도 내 눈을 똑똑히 마주 보았어. 눈 속에서 자신의 잃어버린 기억을 캐내려는 듯이.

불덩이처럼 이글거리던 글자의 열기는 아래로 내려가

턱과 울대를 지나 목 주변에 다다르자 숨을 조이려는 듯 붉은 띠를 이루었지. 치우는 부드득 이를 갈고 감은 눈을 번쩍 떴어. 검었던 두 눈동자의 색은 구리와 황동을 거쳐 마침내 황금으로 변했어.

타락한 심장과 육신을……

좁은 공간을 가르며 끔찍한 비명이 터져 나왔어. 극심한 고통을 겪는 치우를 보자 내가 경험했던 최악의 갈증이 떠올랐어. 내가 울었던가? 그를 안았던가? 바닥에서 몸부림치는 치우의 얼굴 위로 내 눈물이 떨어졌던가?

짐승 치우의……

눈물이 닿자 이마 한가운데를 가르고 있던 한 줄의 문장이 얇은 금박 종이처럼 얼굴에서 벗겨져 허공에 둥둥 떠다니기 시작했어.

봉인한다…… 봉인한다…… 봉인한다……

마지막 문장까지 벗겨지고, 황금색 글자들은 허공에 떠다녔어. 공중에서 빛나던 글자들은 화로의 재처럼 타들어가며 얼마 되지 않아 사라져버렸지. 온몸에 식은땀을 흘리던 치우는 네 다리로 바닥을 기어다니며 발작을 하고 몸을 떨었어. 그 끔찍한 모습에서 눈을 뗄 수가 없었어.

난 한 번도 그렇게 울어본 적이 없거든. 내 감정을 드러낸 적도, 몸부림치며 바닥을 뒹군 적도 없었어. 사람들이 내게 낙인을 찍도록 내버려두고 그들이 던지는 증오와 멸시의 돌을 묵묵히 맞아왔지.

부당해, 부당해! 치우의 비명은 내게 이런 선언처럼 들렸어. 그의 몸부림 하나하나가 내 안에서 끄집어낸 고통으로 보이기 시작했어. 치우가 나를 대신해 고통을 겪으면서도 굴복하지 않는 것처럼 여겨져 나도 모르게 그를 응원했어. 대피소를 이루는 최소한의 산소와 중력이, 평소와는 다른 환경이 잠재력을 끄집어낸 것일까? 분투하는 그를 보며 내 고통이 얼마나 깊었는지, 내가 얼마나 상처를 억누르고 수동적으로 살아왔는지 불현듯 깨달았어.

나는 눈물을 흘리며 치우를 끌어안았어. 내 눈물, 가뭄의 여신에게 눈물보다 귀한 것이 어니 있겠어! 그런데 내 눈물 전부를 치우에게 줘버려도 상관없다는 생각이 들었어. 그는 나였으니까. 나 역시 저렇게 낙인찍히고 봉인된 존재였으니까. 내 피가 눈물로 바뀌어버리고 말라비틀어져 죽는대도 상관없었어. 눈물이, 가뭄의 여신의 타들어가는 심장 복판에서 나오는 이 눈물이 얼마나 후련하게 느껴지는지! 나는 평평 우는 가운데 발작하듯 웃고 싶기도, 소나기를 맞으며 천둥소리를 듣고 싶기도 했어. 그 좁은 대피소에서, 최소한의 중력과 산소만 있는 곳에서, 바닥을 구르며 치우와 한 덩어리가 되어 울고 또 웃으며 짐승이 되어 원초적인 해방감을 느꼈어. 황금색 글자가 반딧불처럼 둥둥 떠다니다 사라지는 동안 나는 그의 이마와 눈과 코와 뺨과 입술에 수없이 입 맞추었지. 내 눈물과 땀과 타액이 치우에게 닿을 때마다 봉인이 지워지는 것을 지켜보면서.

*

아홉 밤이 아홉 번 지난 후 우리는 대피소에서 나왔어.

얼굴에서 글자가 사라진 치우는 다른 사람이 된 듯했어. 구부정하던 등이 펴졌고 목소리도 또렷해졌으며 황금색으로 변한 눈동자는 다시 전처럼 검어지지 않았지. 이제 '짐승 치우'가 아니라 '군신 치우'로서의 자신을 완전히 되찾은 것처럼 보였어.

나 역시 새로 태어난 기분이었어. 둥근 알 같은 대피소 밖으로 나온 우리 둘 다 다른 존재로 부화한 것 같다고나 할까. 속으로 생각했지. '치우가 나를 기억하든 말든 상관없어. 내가 황제의 딸이자 그의 적이라는 것을, 그를 감시하기 위해 트리거에 온 것을 전부 알아차려도……'

"물론 상관없지. 넌 나를 구해줬잖아."

그가 말을 이어받았어. 텔레파시로 내 생각을 다 들여다본 것처럼.

"기억을 찾은 거야?"

그는 고개를 끄덕였어.

"전부 다. 전쟁과 기지, 대피소에서 네 눈물이 닿아 봉인이 풀린 것 그리고……"

그의 시선이 내 입술에 닿자 나는 얼른 말을 막았어.

"잘됐군! 이제 각자 갈 길을 가면 되겠어."

치우는 빙그레 웃었어. 치우가 웃으면 쇠에 온기가 돌듯 밝고 따뜻해진다는 것을 말했던가?

"목부터 축이자, 한발."

그는 내 이름을 또렷이 불렀어. 대피소에서의 시간이 우리를 가깝게 만들었지. 치우는 어디론가 달려가서 한 무더기의 식물을 가져왔어. 선인장같이 생긴, 몸통이 통통한 식물이었는데 반으로 가르자 싱그러운 향기가 확 퍼졌어. 향이 나는 식물의 즙을 나는 정신없이 빨아 마셨어. 그러자 입술에 닿았던 그 감각이 되살아나는 것이 느껴지더군. 갈증을 해소해주는 한 모금의 물. 그건 우리의 입맞춤이었어.

"우리 어디로 가?"

나도 모르게 우리라는 말을 쓰고 있었는데, 그도 당연하게 반응하더군.

"갈로산."

우리는 트리허거의 공업단지를 가로질러 궤도 엘리베이터가 있는 구역으로 향했어.

다이슨 구체의 건설 과정에서 폐기된, 사용하지 않아 녹슬고 낡은 엘리베이터의 골격이 회색 하늘을 뚫고 솟아 있었어. 치우는 망가진 자재 운반용 카트 하나를 찾아내어 한참 손을 보더니 타라고 하더군. 카트가 삐걱거리는 소리를 내며 레일을 타고 천천히 상승하기 시작했어. 점차 트리허거 기지의 모습이 희미해졌고 먹구름을 뚫고 올라가자 다이슨 구체의 거대한 구조물이 모습을 드러냈어. 지난 사고의 여파로 살점 일부분이 떨어져 나갔지만 여전히 견고하고 으스스해 보이더군. 그렇지만 난 이 드라이브가 너무나 즐거워서 상관없었어.

복구 작업이 한창인 듯 기계들이 활발히 움직였지만 인간의 그림자는 보이지 않았지. 레일의 끝에 도착하자 도킹 스테이션이 나타났어. 이곳은 달처럼 떠 있는 위성, 갈로산으로 향하는 최종 관문이었어.

궤도 엘리베이터의 끝, 도킹 스테이션에 내리자 완전히 다른 세계가 기다리고 있었어.

트리허거의 회색빛 공업지대와 달리 이곳에는 원초적인 자연의 모습이 남아 있었어. 표면은 사막처럼 척박했지만 거대한 산과 협곡이 번쩍거렸지. 산이 어떻게 번쩍이느냐고? 갈로산 봉우리들은 금속 결정체로 이루어졌거든. 창공을 물어뜯을 듯 날카롭고 삐죽삐죽한 봉우리에는 자줏빛과 청록색이 감돌았어. 트리허거 상공에서 보았던 다이슨 구체의 광학 필라멘트와 묘하게 닮은 데가 있었어.

　내가 암석의 눈물을 찾아낼 수 있듯이, 치우 역시 광물의 맥동을 느낄 수가 있었어. 치우와 광물 사이에서 나지막한 공명음이 들려오는 듯했지. 그는 제집을 찾아가는 사람처럼 망설임 없이 발걸음을 옮겼어. 목이 마를 때마다 치우가 어디선가 선인장을 구해 왔기에 이런 사막이라면 얼마든지 좋다는 생각이 들었어. 협곡이 겹겹의 커튼처럼 드리워진 산맥 내부로 깊숙이 들어가자 밝게 빛나는 봉우리 두 개가 눈에 들어왔어. 오른쪽 봉우리 앞에 서자 갈로산의 공명음이 멈추고 사위가 고요해졌어. 침묵을 깨고 치우가 누군가를 불렀어.

　"우사."

　나는 흠칫 놀라고 말았어. 비를 부리던 치우의 오른팔, 그가 갈로산 안쪽에 봉인되어 있었던 거야. 이제 정말 군신이 돌아온 거야! 왼쪽에는 풍백도 묻혀 있을 것이고 이 산맥은 깨어날 준비를 하고 있었지.

　"그들을 깨워서 뭐 하려고?"

　치우는 내 말을 듣지 못한 듯 봉우리를 올려다보았어.

　"다시 전쟁을 시작하게?"

　나도 모르게 다급히 치우의 앞을 막아섰어. 기억을 찾은 치우가 부하와 무기를 되찾고, 트리허거의 다이슨 구체를 완성하여 대규모 병력을 키운 후 황제에게 저항하는 미래가 순식간에 그려졌거든. 그렇다면 2차 탁록 전투가 시작될 것이고 그건 10년 정도로 끝날 싸움이 아닐 거야. 다섯번째 태양을 손에 넣은 동두철액의 위력은 상상할 수 없을 정도일 테니까. 내가 뭘 한 거지? 온 우주를 전쟁 속으로 몰아넣을 수 있는 군신을 깨워버린 걸까?

다행히 기억을 되찾은 치우는 다른 미래를 그리고 있었어.

"전쟁을 끝내야지."

황금색 눈동자의 치우가 내 눈을 똑바로 바라보며 말했어.

"구체를 영원히 파괴할 거야. 태양을 포박하거나 그 에너지로 다른 행성을 착취하는 일이 일어나지 않도록. 아스테리아가 완전히 봉인되면 걷잡을 수 없는 일이 벌어질 거야. 봉인이라면 너도 끔찍하잖아. 우리가 저 별을 풀어주자."

치우는 저 멀리 내려다보이는 다이슨 구체를 바라보며 말했어. 지난 사고로 파괴되기는 했어도 트리허거 기지가 남아 있는 한, 그리고 어느 정도 완성된 구체에서 에너지를 끌어 올리고 있는 한, 다섯번째 태양이 언젠가 별을 잡아먹는 포식자 행성이 되어 우주의 다른 곳들을 침략하는 데 쓰이는 건 시간문제일 것이라고.

그때 섬광과 함께 치우의 귓불을 지나친 광선이 뒤쪽 바위를 산산이 부쉈어. 치우가 반사적으로 나를 감싸고 엎드렸지. 추격자가 있었어! 갈로산까지 우리를 따라온 자가.

뒤이어 고주파음이 협곡을 가득 채우기 시작했어. 치우는 비틀거리며 쓰러졌어. 치우와 광물 사이에서 느꼈던 나지막한 공명음이 소리 그물로 변해버린 거야. 갈로산의 맥동이 느닷없이 치우를 공격했어. 치우의 특징을 간파한 기계들이 광물의 음파와 파동을 뒤흔들고 증폭해 역공을 했던 거야.

음파를 따라가보니 공중의 한 부분에서 까만 구름이 밀려왔어. 구름이 아니라 다리가 여러 개 달린 곤충을 닮은 기계 드론 부대였지. 강철로 된 메뚜기 떼가 먹이를 발견한 것처럼 우리 쪽으로 날아드는 게 보였어. 고주파 진동에 주변의 모든 암석이 갈라지면서 파편이 날아왔지. 두 다리로 걸을 수 없던 치우는 봉우리 쪽으로 기어가서 주문을 읊조렸어.

그러자 뇌우가 하늘을 두 쪽으로 갈라놓으면서 봉우리가 깨어졌지. 갈라진 산맥 사이에서 소용돌이를 일으키는 먼지 폭풍이 일기 시작했어. 우사가 살아난 거야! 봉인에서 풀려나온 우사는 사람이 아니라 온몸이 붉게 달아오른 거대한 소의 형상이었지. 뿔의 끝에서 나온 전자 섬광이 허공으로 솟구치더니 폭우가 쏟아졌어. 낙하의 순간마다 회로를 태우는 전자기 비였어. 빗방울을 맞은 드론 편대가 우수수 추락하여 진흙 속에 나뒹굴었지. 우사의 발굽이 내리찍힐 때마다 땅은 입을 벌리며 전투 드론을 집어삼켰어. 소용돌이는 위력을 더하면서 하늘에 먹구름을 드리웠고 그 틈을 타 우리는 왼쪽 봉우리를 향해 움직였어. 치우는 우사가 막아주는 방향으로 몸을 등지고 또다시 주문을 외우기 시작했어.

풍백은 눈부시게 하얀 말의 형상이었어. 부드러운 갈기

에서 일어난 바람은 초음속 칼날이 되어 드론의 외피를 가볍게 썰어냈지. 프로펠러가 잘려 나가자 균형을 잃은 기체들이 폭발을 일으켰어. 백마가 공중을 가르자 뒤따르는 소음이 충격파가 되어 드론 부대를 연쇄적으로 전복시켰어. 그와 동시에 그들 뒤로 더 많은 메뚜기 떼가, 다시 말해 대규모 군단이 밀려오고 있었지.

붉은 소와 하얀 말, 우사와 풍백이 일으킨 전자 폭풍 복판에 치우가 서 있었어. 그는 태풍의눈처럼 고요하게, 주변의 악천후와 전투의 소용돌이는 보이지도 들리지도 않는 것처럼 녹슨 대지의 심장 같은 쇳조각을 찾기 시작했어. 갈로산의 늑골 깊숙이 들어가 가장 굵은 뼈를 꺼내 오기라도 할 것처럼 산을 떠받치는 먹빛 기둥을 찾고 있었지.

휘청거리는 그를 부축하며 걷다가 문득 깨달았지. 갈로산 자체가 하나의 유기체나 진배없다는 사실을. 발을 뗄 때마다 융기하는 모양이 달라지고 단층의 색이 바뀌었어. 앞이 뒤가 되고 뒤가 옆이 되었지. 우리가 이 미로를 헤매다 죽어버리기를 바라기라도 하는 것처럼. 그러나 치우는 형태를 바꾸는 산의 변덕에도, 무수한 쇳가루가 날아와 한 치 앞을 분간할 수 없는 상황에도, 금속의 성분을 바꿔가면서 황동이 되었다가 감람석이 되었다가 하며 물러서지 않고 앞으로 나아갔어. 덩치 큰 짐승의 털을 쓰다듬는 것처럼 바닥을 쓸어보며 길을 찾아냈어. 치우의 손이 닿으면 대지는 몸을 부르르 떨며 금속이 진동하는 소리를 냈지. 그렇게 갈로산 전체와 조응하며 바위 껍데기를 벗기며 나아가던 치우는 마침내 골짜기 안에서 희미하게 빛을 발하는 먹빛 기둥을 발견했지. 흙과 바위 사이에 파묻힌 쇠기둥은 거대한 철제 척추 같았어.

치우는 바위산을 쓰다듬으며 안쪽으로 손을 집어넣었어. 돌보다 무겁고 밤보다 어두운 갈로산의 척추뼈는 회흑색으로 어둡게 빛났어. 탁록 전투에서는 무기를, 트리허거 기지에서는 스패너를 손에 쥐었던 치우가 이제는 갈로산의 척추를 움켜쥔 거야.

탕—!

치우가 손에 힘을 주어 척추를 부러뜨리자 쇠를 치는 울림이 공기를 갈랐어. 한 번의 소리는 온 산맥이 울어대는 진동으로 퍼져 나가며 땅속의 모든 금속을 일깨워 하나의 현처럼 공명했지. 동시에 뼈가 빠져나온 자리에서 샘이 솟구쳤어. 검은 바위 사이로 흘러나오는 물은 빛을 받자 금가루처럼 번쩍거렸지. 갈로산이 피 대신 흘린 물, 금화수金花水였어. 금화수는 작은 연못처럼 변하더니 금세 호수만큼 커졌지. 그 빛나는 생명수가 나를 부르고 있었어. 나는 신성한 황금빛 물속으로 들어가 그 물을 마시고 또 마셨어.

내 눈동자가 치우의 그것과 마찬가지로 황금색으로 변한 것은 금화수를 마셨기 때문이야. 금화수는 뭐든 살리는 힘을 갖고 있거든. 내 마른 입술에 이렇게 붉은 기가 생겨나고, 내 조열한 피부에 혈색이 돌아오고, 머리카락이 자라 어깨를 덮은 것이 그 증거야. 금화수 주변으로 자라난 풀과 나무 들도 이 신성한 물의 힘을 증명하고 있지.

치우는 뽑아낸 산의 척추를 금화수에 지그시 담가놓았다가 꺼냈지. 밝은 빛을 뿜는 회흑색 뼈는 잘 벼려진 청동 검처럼 보였어.

"돌아가자."

모든 준비가 끝났지. 적들을 물리친 붉은 소와 하얀 말이 산의 입구에서 기다리고 있었으니까.

*

이별의 순간을 말하려니 목이 마르네.

오랜만에 느껴보는 갈증이야. 금화수를 마신 이후부터 난 더는 가뭄의 여신이 아니었거든. 산불이 휩쓸고 간 폐허에 새싹이 자라나듯 내가 지나간 마른땅에는 초목이 돋고 샘물이 솟아났어. 이 언덕 또한 내가 일구어낸 곳이지. 이미지로 된 가엾은 허상이 아니라 작지만 탄탄한 진짜 나무야. 멀리서 보면 작은 에덴 같지 않아? 인간만 빼고 만물의 씨앗을 모두 품은 에덴. 이브가 뱀과 이야기를 나누는 곳이지. 물론 응룡, 너는 뱀이 아니라 용이지만.

치우가 갈로산에서 황제의 드론 부대와 싸우고 산의 척추를 뽑아내는 동안, 구체는 파괴된 부분을 맹렬하게 복구하고 있었어. 연꽃 모양의 구체를 담는 그릇은 세 눈금 중 첫번째 것을 통과하기 직전이었어. 3분의 1만 완성해서 아스테리아 위성의 에너지를 빨아들여도 이후의 속도는 가파르게 올라갈 거야. 그러다 절반을 덮는다면 나머지 절반이 차오르는 것은 순식간이야. 구체를 완성하기까지 카운트다운에 들어간 거나 다름없다고 할까.

우리는 우주선을 타고 연꽃 밑동에 도착했어. 구체의 그늘에 가려진 틈을 타서 자기장 억제 장치를 공격하기 시작했어. 별의 에너지를 안정적으로 빨아 먹으려면 자기장을 일정하게 유지해야 해. 그런데 우리가 '마개'를 뽑아버린 셈이지!

그러나 다이슨 구체의 회복력은 생각보다 강했어. 산맥 같은 외피를 둘러쓴 괴물이라고 할까. 우리의 공격은 표면에 생채기만 낼 뿐이었고 가속된 작업 공정을 멈추기에는 역부족이었어. 공격을 받으면서도 금세 재생하고 복구했고, 새로운 패널들이 잎사귀처럼 끝도 없이 돋아났지.

"구체가 더 강해졌어. 이 정도 에너지론 상대할 수 없어."

붉은 소와 하얀 말, 가뭄의 여신에서 재생의 여신으로 변모한 내가 힘을 합쳐도 소용이 없었어. 절반까지 완성된다면 백약이 무효가 되는 거야.

"방법이 하나 있어."

"그게 뭔데?"

치우는 대답하지 않고 우주선의 궤도를 새로 입력해 넣었어. 그러고는 수리공 시절에 했던 것처럼 최소한의 차폐

장치만 두른 채 우주선 밖으로 나가버렸어. 손에는 스패너가 아닌 갈로산의 척추뼈를 들고.

구체는 꽃잎 같은 패널을 하나둘 닫으며 별을 삼키고 있었지. 겉껍데기는 중력에 삐걱거리며 맞물리기 시작했고 그 사이로 흘러나오는 빛줄기가 심장처럼 고동쳤어.

검은 태양이 완전히 닫히기 직전에 틈새로 날아드는 반딧불, 나는 똑똑히 보았지.

치우가 몸을 던진 거야. 동두철액 치우가, 갈로산 척추뼈를 든 치우가, 우주의 수리공인 그가, 만물을 제자리에 돌려놓기 위한 마지막 유영을 시작한 거야. 말릴 새도 없었지. 청동 검을 든 그는 별 자체와 공명해버린 거야. 마지막 순간 치우의 황금색 눈동자에 무엇이 비쳤을지 차마 상상도 할 수 없어.

치우를 삼킨 구체는 마지막 한 조각을 닫고 이음새도 없는 완벽한 껍데기가 되었어. 황제가 그토록 염원한 다섯번째 태양이 그 안에서 울부짖고 있겠지. 나는 우주 반대쪽에서 이 장면을 모니터링하는 아버지를 상상할 수 있었어. 어쩌면 그의 부대가 이곳을 향해 출발했을지 모른다는 생각도 들었어.

그 순간 엄청난 진동과 함께 연꽃이 폭발했어. 고요한 폭발과 동시에 모든 것을 표백하는 광선을 뿜으며 아스테리아를 삼킨 다이슨 구체는 산산조각이 나버린 거야. 별의 중력이 갑작스레 사라지자 흩어진 파편은 거대한 중력파를 방출했어. 우주 전체가 순간적으로 비틀거리는 듯한 강력한 에너지가 사방을 뒤흔들었어. 군신 치우의 마지막 전언처럼.

*

 정신을 차렸을 때 나는 치우가 설정해놓은 은하로 떠밀려 가는 중이었어. 털끝 하나 다치지 않고 무사히. 노아의 방주에 붉은 소와 하얀 말 그리고 금화수에서 다시 만난 응룡, 너까지 태우고 말이야.
 저 너머 치우는 어떻게 변했을까? 사라졌다고는 믿을 수 없어. 죽거나 다치지 않는 치우는 별의 불꽃과 합쳐져 다른 곳을 여행하고 있겠지. 이렇게 조용한 밤하늘을 올려다보면 어디선가 스패너 소리가 들리는 것 같아. 우리 사이에는 반짝이는 여든한 개의 별이 있고, 금속을 닮은 별똥별들이 가볍게 어깨를 부딪치며 웃고 있겠지. 나는 미래 속에서 그를 그리워하고 그리움 속에서 행복을 느껴. 금빛으로 빛나는 기쁨을.
 마침내 고향을 찾았으니까. 이 별은 누군가를 그리워하며 씨앗을 심은 땅, 너와 내가 함께하는 작은 집이지. 이 나무가 큰 아름드리나무로 자랄 때까지, 치우가 보고 싶을 때마다 나무를 안아주려고 해. 그동안 연못 더껑이에도 우주가 자라나고 미나리아재비와 데이지는 들판 가득 꽃을 피워내겠지. 머나먼 다른 세계에서 아버지는 지남차를 돌려 전쟁을 완수하려 하겠지만 나침반이 남과 북을 가리키는 것은 결국, 완강한 사랑의 증거 아니겠어.

 땅과 물, 불과 금속을 가로질러 치우가 돌아오기를 기다리고 있어. 더는 기다림이 목마르지 않으니까.

등각 순환 하는 시공간 원점의 위험성에 대하여

이경희

0

"우주가 한 치의 오차도 없이 똑같이 반복된다고요?"
"한 치라는 표현은 적절치 않네요."
"아무튼."
"그래요. 당신의 우주는 그런 곳이죠. 마치 니체의 헛소리처럼."

.

.

.

크롬빛 구체, 열선총, 로잘린, 검은 정장들, 살롱, 비밀스러운 사교 모임.

그리고 아마도, 감당 못 할 욕망이⋯⋯

· · +1

완벽한 눈과 완벽한 코. 흠 없이 이어진 완벽한 얼굴. 목덜미에 박힌 점의 위치까지 완벽한.

나의 로잘린.

"말해줘요, 로잘린. 대체 무슨 일이 있었던 거죠?"
"폭발이 있었어요. 당신은 정신을 잃었고요."
"폭발?"

한은 이마를 움켜쥐었다. 두통으로 뇌가 녹아내리는 것 같았다.

"기억 안 나요? 당신이 했잖아요."

매캐한 탄내가 코를 찔렀다. 한은 주위를 둘러보았다. 사방에 그을린 자국이 가득했다. 머리에 구멍이 뚫린 시신들도.

"내가…… 했다고요?"

로잘린은 한이 바라보는 방향을 힐끔 훔쳐보았다.

"아뇨. 저건 그놈들 짓이에요. 당신이 아니라."

"그놈들?"

로잘린이 한쪽 눈썹을 찡그렸다.

"그렇게 계속 의미 없이 제가 했던 말만 반복할 건가요?"

한은 고개를 흔들었다. 어지럼이 가시지 않았다.

"내가 뭘 한 겁니까? 폭발의 원인은요? 그놈들은 또 누굽니까?"

"글쎄."

로잘린이 힘주어 몸을 일으켰다. 힘겨운 날숨. 멀리 창밖을 내다보는 시선이 아득했다.

"그걸 지금부터 정하려고요."

-1 · ·

아, 그래. 파티였어요. 사교 모임이라고 해도 좋겠네요.

혹시 기억하나요? '욕망구현장치'에 대해. 아, 다행이에요. 그것까지 잊어버리진 않아서. 설명할 시간을 아낄 수 있겠어요. 우린 이곳에서 욕망구현장치를 다루었어요. 정부가 제공하는 유치한 장난감이 아니라, 기능 제한을 모두 풀어버린 진짜를요.

실험? 흐, 당신처럼 한심한 인간이 그런 거창한 일을 할 수 있을 리가 없잖아요. 욕망구현장치를 사용한 지 얼마나 됐죠? 아무 노력도 하지 않고 쾌락만 누리는 삶을 살게 된 지 얼마나 흘렀냐고요. 백 년? 2백 년? 제가 아는 한, 당신은 무언가를 달성하기 위해 꾸준히 노력할 수 있는 인물이 아니에요. 그런 종류의 지적 능력은 이미 고장 나버린 지 오래죠.

하물며 실험이라니. 웃겨 정말.

……그런 눈으로 쳐다보지 말아요. 탓하려면 당신의 망가진 뇌를 탓해요.

이런 말이 위로가 될지 모르겠지만, 당신만 그 모양인 것도 아니잖아요. 어차피 이 도시에 살고 있는 수백만 인간들이 다 비슷한 꼴일 텐데.

이제 파티 얘길 해도 될까요? 파티의 테마는 간단했어요. 시식회였죠. 다들 지금껏 경험하지 못한 새로운 욕망을 맛보기 위해 살롱에 모였어요. 한심한 당신들은 이제 스스로 욕망할 줄도 모르죠. 욕망구현장치가 탄생한 후로, 당신들은 그저 천박하게 욕망을 채우기에 급급했어요. 하나를 채우면 또 하나를, 또 다음 욕망을, 욕망할 수 있는 모든 욕망을 욕망한 끝에 상상할 수 있는 모든 욕망을 고갈시키고 말았죠.

그게 바로 살롱이 존재하는 이유예요. 누군가를 대신해, 그가 욕망해야 할 새 욕망을 큐레이션하는 것.

삶의 모든 부분이 한 조각도 남김없이 시시해진 당신은 이곳을 찾았어요. 살롱은 매번 당신에게 새로운 욕망을 제시했고, 당신은 음침하고 저열한 욕망 중 하나를 카탈로그에서 골라 기쁨을 누렸어요. 하나같이 정부가 금지하는 불법 욕망들이었다는 건 말할 필요도 없겠죠.

하지만 그마저도 금방 시시해졌어요. 욕망이라는 게 그런 법이잖아요. 마치 향초 같아서 쓰면 쓸수록 닳아 사라져 버리죠.

지루해진 당신은 결국 욕망구현장치에 손을 댔어요.

그리고, 그놈들이 나타났죠.

· · · · · +2

"여기까지가 폭발 전에 일어난 일이에요."

로잘린이 담담히 설명을 마쳤다.

"그놈들이 마구잡이로 열선총을 쏘아댔어요. 사람들이 쓰러졌고요. 살이 타는 냄새가 진동했어요. 잔뜩 겁을 집어먹은 당신은 결국 욕망구현장치에……"

"잠깐만요, 로잘린."

한이 질주하는 이야기를 멈춰 세웠다.

"들으면 들을수록 머릿속이 더 복잡해지기만 해서요. 하나씩 정리해봅시다. 그놈들이 대체 누굽니까?"

로잘린이 검지를 턱에 얹고 잠시 고민했다.

"나는 몰라요."

원하던 대답이 아니었다. 한은 미간을 찌푸렸다.

"감찰국에서 보낸 요원일까요?"

"그럴지도요. 수성에서 보낸 스파이일 수도 있고요. 지구나 화성일 수도 있죠. 어쩌면 그냥 시시한 악당의 하수인이거나. 어디였으면 좋겠어요?"

"……"

"어쨌건 여긴 불법 욕망을 대량으로 쏟아내는 쓰레기장이고, 누군가는 그걸 통제해야만 했어요. 어떤 멍청이가 블랙홀 폭탄을 욕망하기라도 했다간 태양계 전체가 흔적도 없이 사라져버릴 테니까."

"그놈들은 어떻게 됐죠?"

"죽었어요. 폭발에 휘말려서. 그런데……"

로잘린이 느긋이 출입문 쪽을 가리켰다.

"저기 또 오네요."

검은 정장을 입은 십수 명의 남자들이 살롱으로 걸어 들어오고 있었다. 한과 로잘린은 서둘러 책상 뒤에 몸을 숨겼다. 호두나무를 둥글게 깎아 금박으로 치장한 벨 에포크풍의 앤티크 책상. 이게 정말 나무이긴 할까? 열선총이 뿜어내는 광선을 과연 몇 초나 버틸 수 있을까.

검은 정장들이 열선총을 겨누며 뚜벅뚜벅 다가왔다.

"이제 어쩌죠?"

한이 물었다. 그러자 로잘린이 한숨을 푹 쉬었다.

"제발 뭐 하나라도 좀 스스로 결정할 수는 없나요?"

로잘린이 책상 서랍에서 기관총을 꺼냈다. 방아쇠를 당기자 총구에서 불이 뿜어져 나왔다. 수백 개의 총알 자국이 벽면을 뒤덮었다. 단숨에 검은 정장 절반이 쓰러졌다.

상대도 질세라 열선총을 쏘아대기 시작했다. 사방에 광선이 그어지고 요란한 빛이 번쩍였다. 그런 와중에도 로잘린은 표정 하나 변하는 일 없이 발레리나처럼 척추를 곧게 펴고 차분히 탄환을 쏟아냈다. 한은 책상 아래 공간에 몸을 구겨 넣고 무릎을 끌어안았다. 뜨겁게 달궈진 탄피가 후드득 비처럼 책상 위를 두드렸다.

이윽고 총성이 멈추었다. 로잘린이 무심한 표정으로 다가와 한에게 손을 내밀었다.

"이제 안전해요."

-2 ‧ ‧ ‧ ‧

"살롱에 도착했어요."

파티가 시작되기 직전, 살롱 입구에서 로잘린이 말했다. 그때까지도 한은 로잘린의 치맛자락을 움켜쥐고 있었다. 손바닥이 땀으로 흥건했다.

"정신 차려요. 곧 파티가 시작된다고요."

로잘린이 한의 뺨을 잡아당겼다.

"이제 중요한 규칙을 알려줄게요."

"규칙이 너무 많은걸요."

한의 표정이 침울해졌다.

"한 번만 더 집중해요. 정말 마지막이니까."

로잘린은 한의 두 눈을 똑바로 바라보았다.

"이건 중요한 문제라고요."

"……알겠어요."

한이 고개를 끄덕였다.

"살롱 한가운데 커다란 크롬빛 구체가 설치되어 있던 것 기억하나요? 그게 바로 욕망구현장치예요. 거기에 이걸 접속시켜요."

로잘린이 작고 투명한 원통을 건넸다. 한은 엄지와 검지로 원통을 집어 들고 자세히 들여다보았다. 보석처럼 치밀한 결정 구조 속에 정교한 디지털 패턴이 반짝였다. 아름다웠다. 로잘린의 눈동자만큼이나.

"실리카 메모리예요. 욕망구현장치를 해킹할 수 있죠."

"어떻게 사용하죠?"

"장치에 접촉시키기만 하면 돼요. 그럼 메모리 속에 저

장된 인공지능이 소원을 이뤄줄 거예요."

소원이라니. 한의 눈동자가 흔들렸다.

로잘린이 양손으로 한의 손을 부드럽게 감싸 주먹을 쥐여주었다.

"아무 걱정 말아요. 당신은 그저 메모리를 장치에 접촉시키기만 하면 돼. 나머진 전부 기계가 알아서 해줄 테니까."

한은 천천히 고개를 끄덕였다.

로잘린이 문을 열어주었다. 한은 살롱으로 걸어 들어갔다.

· · · · · · · +3

살롱을 빠져나오자 번화가가 펼쳐졌다. 두 사람은 거리를 가득 메운 인파에 몸을 숨겼다. 한은 그저 로잘린의 손길에 의지해 미로처럼 복잡한 골목 사이를 달리고 또 달렸다.

달리는 동안 기이한 것들을 보았다.

에셔의 그림처럼 억지로 이어 붙인 계단들. 쿠키 앤드 크림 초콜릿액이 흐르는 하천. 입체감을 잃고 납작해진 빌딩에는 연필 소묘로 음영을 채운 그림자가 드리웠고, 구아슈로 칠한 하늘엔 실크스크린 질감의 새들이 날았다. 투명한 상자에 빈틈없이 꽉 끼도록 몸을 구겨 넣고 키스에만 열중하는 연인들을 보았다. 목 위에 꽃을 붙인 콜라주 남자도. 이목구비에 나비가 달린 여자도 있었다. 속으로 생각하면서도 헛웃음이 났다. 저 꼴을 보고도 성별을 따지고 있다니.

"여긴 대체 어딥니까?"

"금성 궤도를 떠도는 수많은 탐구도시 중 하나죠."

"하나도 말이 되질 않잖아요."

"전부 말이 돼요. 적당한 설명만 있으면."

밤하늘에 달 대신 금성이 떠 있었다. 욕망탐구도시 에람-193842. 한은 자신이 사는 도시의 이름을 가까스로 떠올렸다.

막다른 골목 끝에 문이 보였다. 두 사람은 문 앞에 멈춰서서 가쁜 숨을 추슬렀다. 흘러내린 애교머리 한 가닥이 로잘린의 젖은 뺨에 붙어 있었다. 머리카락을 귀 뒤로 쓸어 넘기는 손가락을 한은 가만히 넋을 잃고 바라보았다.

"말해봐요. 이 문이 어디로 이어졌으면 좋겠어요?"

"안전한 곳."

로잘린이 문을 열었다.

"여긴……"

"집이군요."

19세기 양식의 목조 주택. 장작을 지피는 벽난로와 장미꽃이 직조된 패브릭 소파. 로잘린이 양초 하나를 집어 벽난로에서 불을 붙이고 집 안 곳곳에 놓인 양초들에 불을 옮겼다. 서서히 주위가 밝아졌다. 아른거리는 빛이 벽을 스칠 때마다 빛바랜 나무 무늬가 잠시 모습을 드러냈다. 가짜 무늬였다. 오래된 척하는.

로잘린의 손에 들린 양초에서 하얀 농이 뚝뚝 흘러내렸다. 한은 선반에 놓인 액자를 집어 들었다. 어린 한과 로잘린, 그리고 부모님이 함께 찍은 가족사진이었다. 바닥에 떨어진 밧줄을 로잘린이 발로 밀어 구석으로 치우며 말했다.

"많은 것을 설명해주는군요. 당신에 대해."

어디선가 맛있는 냄새가 났다. 식탁 위에 천이 씌워져 있었다.

"먹고 싶은 음식이 있나요?"

한은 괜스레 심술을 부리고 싶어졌다.

"비프웰링턴."

로잘린이 천을 벗기자 먹음직스러운 비프웰링턴이 놓여 있었다. 금빛으로 구워진 페이스트리 껍질 사이로 붉은 기가 맴도는 살코기가 드러났다. 뜨거운 김이 피어오르며 고소한 버섯과 허브 향이 퍼졌다.

"어떻게……"

"미리 준비했냐고요?"

로잘린이 한의 질문을 가로챘다.

"준비한 게 아니에요. 정해진 거죠."

"방금 음식이 생겨났다고요?"

한숨.

"아직도 전혀 이해를 못 하고 있군요."

로잘린을 또 실망시켰다는 생각에 한은 마음이 무거워졌다. 그러거나 말거나, 로잘린은 식탁 맞은편에 앉아 비프웰링턴 한 조각을 썰어 한의 접시에 옮겨주었다.

"먹어요."

한은 포크로 조각을 집어 입에 가져갔다.

"맛있어요."

"맛있겠죠. 제가 만든 거니까."

로잘린이 한 조각을 더 권하며 말했다.

"만약 당신이 키드니파이를 원했다면 식탁엔 키드니파이가 놓여 있었을 거예요. 요크셔푸딩을 원했다면 요크셔푸딩이 있었을 테고. 무슨 뜻인지 이해해요?"

한은 고개를 좌우로 흔들었다. 입안에 음식을 구겨 넣느라 바빴다. 로잘린은 한의 접시에 비프웰링턴을 한 조각 더 옮겨주었다.

"설명해야 할 게 너무 많네요. 당신이 잘 따라오고 있을지 궁금해요."

"노력할게요."

한숨. 로잘린은 양손으로 턱을 괴고 한을 쳐다보았다.

"당신은 분명 욕망구현장치를 작동하는 데 성공했어요. 그것 말고는 방금 전 폭발을 설명할 방법이 없으니까. 지금 상황은 전부 당신이 바란 결과예요."

"내가 무슨 소원을 빌었는데요?"

"저야 모르죠."

무어라 대답해야 할지 몰라 머뭇거리는 한에게, 로잘린이 결론을 말했다.

"욕망구현장치는 사용자가 욕망하는 무엇이든 현실로 만들어요. 블랙홀, 에테르, 타키온, 인플라톤, 액시온, 다일리튬, 두번째 시간 차원과 다섯번째 표준 힘…… 심지어 '자유'를 욕망한 인공지능도 있었죠. 한없이 추상화된 이데아조차 장치는 현실에 실현해내요. 새로운 우주를 탄생시켜서라도."

로잘린은 포크 두 개를 양손에 쥐고 익은 고기를 좌우로 찢었다.

"폭발이 일어난 순간 새로운 우주가 탄생했어요. 우린 그 우주 속에 갇혔고요. 만유척력이 지금 이 순간에도 우주를 팽창시키고 있어요. 과거와 미래로. 그 외 모든 시간방향으로. 시간이 흐른다는 말은 적어도 이곳에선 참이 아니에요."

로잘린이 손목시계를 확인했다.

"10분 전에 폭발이 일어났어요. 다시 말해, 우리 우주는 아직 10분밖에 팽창하지 않았다는 뜻이죠. 과거도 마찬가지일 거예요. 우리가 미래로 나아간 것과 똑같은 분량만큼의 과거만 존재하겠죠."

로잘린의 시선이 저 먼 어딘가를 헤매듯 어지러이 흔들렸다. 한은 문득 궁금해졌다.

"왜 날 구해준 겁니까? 우린 대체 무슨 사이죠?"

로잘린은 고개를 비스듬히 고정한 채, 눈동자만 움직여 한을 바라보았다. 한 점의 빈틈도 없는 다이아몬드 같은 눈빛.

숨이 막혔다.

"당신이 대답해봐요. 내가 왜 당신을 구했죠?"

어렴풋이 기억이 떠올랐다.

"……연인이니까."

"아하."

로잘린의 입꼬리가 기이하게 말려 올라갔다.

"이제 조금씩 원리를 이해하기 시작했군요."

그녀가 우아한 기지개를 켰다.

"잘했어요. 그렇게 한 계단씩 나아가면 돼요. 미래가 나아가는 만큼 과거도 나아갈 테니까. 지금 이 순간을 설명하기 위해 과거가 결정되는 거예요. 개연성에 따라."

로잘린이 거의 들리지 않는 목소리로 속삭였다.

러브 스토리라니. 역겨워.

-3 · · · · ·

오! 오! 오!

차가운 밤. 살을 적시는 축축한 공기. 부서질 듯 삐걱거리는 침대와, 아무리 애쓰고 노력해도 흐트러지지 않는 로잘린의 호흡.

오! 오! 오!

몸을 비틀자 참을 수 없이 깊은 자극이 쏟아졌다.

"오! 로잘린! 오! 로잘……"

로잘린이 한의 입을 틀어막았다.

"그런 표정으로 내 이름 부르지 말아요."

로잘린이 한을 거칠게 눌러 눕히고는 그 위로 올라앉았다. 그제야 그녀의 얼굴에 흠뻑 생기가 젖어올랐다. 전율을 일으키는 쾌활한 미소. 건강한 몸을 따라 넘쳐흐르는 에너지. 창 너머로 스며든 금성광金星光이 피부 위에 금빛 광채를 얹었다. 그녀가 몸을 움직일 때마다 윤기가 곡선을 따라 부드럽게 흘러내렸다.

"로잘……"

"쉿."

로잘린이 검지를 세워 한의 입술에 가져다 댔다.

"가만히. 당신은 아무것도 하지 않아도 돼."

예. 로잘린.

가느다란 손가락이 한의 일부를 움켜쥐고 세게 비틀었다. 오! 그녀의 손길이 그의 몸을 멋대로 움직여대고 조종하고 마비시켜버린다. 뇌가 해킹당한 아이스크림처럼 녹아내린다. 지배당한다. 혼절해버린다. 쾌감에 미쳐버린다. 깨끗하게 날려버린다. 나는 이 쾌락 속에서 살 거다! 계속! 계속! 숨을 쉴 수도 없고 허리가 뜨고 발끝이 오므려진다. 머리가 터질 것 같다.

하지만 이내 시시해진다. 무감각해져버리고 만다.

처연해진다.

.
.
.

두 사람은 식은 침대에 나란히 누워 서로를 바라보았다. 로잘린이 물었다.

"만족했나요?"

"잠깐은."

"추하네요. 양육 보조 휴머노이드와 사랑에 빠진 인간이라니."

"당신도 날 사랑하는 거면?"

"추하다 못해 역겹겠죠."

로잘린이 몸을 일으켰다. 침대가 삐걱거리는 소리를 내며 흔들렸다. 복합 합금 골격의 무게에 움푹 팬 매트리스가 천천히 차올랐다.

"걱정 말아요. 진심을 다해 사랑할 테니. 그런다고 역한 기분이 사라지진 않겠지만."

"나는……"

땡— 오븐에서 소리가 났다.

"요리가 완성됐네요."

로잘린은 대답을 듣지 않고 주방으로 사라졌다. 그녀가 오븐에서 꺼낸 비프웰링턴을 식탁에 올려놓으며 말했다.

"식사는 살롱에 다녀와서 하기로 해요."

· · · · · · · · · +4

"놈들이 다시 나타났어요."
뚜벅, 뚜벅. 숨길 생각조차 없는 검은 정장들의 발소리가 들려왔다. 로잘린이 재킷 안주머니에서 열선총을 뽑아 들고는 눈짓으로 쓰레기통을 가리켰다.
"열어요. 그 안에 필요한 물건이 들어 있을 거예요."
"그게 뭔데요?"
"제발. 당신이 정해야죠."
"알겠어요."
한은 쓰레기통 뚜껑을 열었다.

-4 · · · · · · · · ·

로잘린이 한의 눈앞에 권총을 들이밀었다.
"이걸로 대체 누굴 쏠 생각이었어요? 당신 머리통이라도 날려버릴 셈이었나요?"
"……"
"얼간이 같으니."
로잘린은 권총을 쓰레기통에 던져 넣었다.
"이런 건 잊어요. 아무 도움도 되지 않으니까."

"미안해요, 로잘린."

로잘린이 주먹을 꽈악 움켜쥐었다.

"부탁이에요. 제발 아무것도 하지 마. 아무것도……"

마치 울음을 터트릴 것만 같았다.

"알겠어요."

로잘린이 다시 표정을 지웠다. 그리고 한의 손을 잡아끌었다.

"어서 침대로 가요."

로잘린이 말했다.

"사랑해줄게."

· · · · · · · · · · +5

쓰레기통 안에 권총이 들어 있었다. 평면 영화에서나 보던 구식 리볼버였다. 한은 권총을 집어 들었다. 끼이익— 문고리가 돌아갔다.

"그놈들이에요."

검은 정장이 문을 열고 들어오자마자 로잘린이 열선총을 쏘았다. 총구에서 뿜어져 나온 광선이 추적자의 가슴에 둥근 구멍을 뚫었다. 발사. 발사. 발사. 시체가 금세 샌드위치처럼 쌓였다.

하지만 방아쇠를 당길수록 광선의 위력이 약해졌다. 열

번째 검은 정장을 쓰러뜨리는 데는 다섯 발이나 맞혀야 했다.

"열선총의 에너지가 점점 떨어지고 있어요."

다시 발사. 이번에는 열한번째 정장의 넥타이만 겨우 잘라냈다. 더는 통하지 않았다.

"당신 차례예요."

한이 권총을 겨누었다.

"침착해요. 자동 조준 기능 같은 건 없으니까 정확히 겨눠야 해."

탕— 열한번째 정장이 쓰러졌다. 뒤이어 열두번째 정장도. 한은 순식간에 여섯 명의 정장을 쓰러뜨렸다.

"해냈어요!"

한은 기뻐하며 고개를 돌려 로잘린을 보았다.

"긴장 풀지 말아요. 아직 안 끝났어."

그 순간, 문밖에서 무언가가 날아왔다. 묵직한 소리를 내며 바닥 위를 또르르 굴러오는 동그란 것이……

로잘린이 한을 감싸듯 끌어안았다.

강렬한 빛이 시야를 하얗게 물들였다. 귀에서 이명이 울리고 앞이 보이지 않았다. 가시에 찔린 것처럼 눈에서 따가운 눈물이 쏟아졌다. 눈을 떠야 해. 어서. 한은 최선을 다해 눈꺼풀을 들어 올렸다. 어슴푸레한 실루엣이 점차 또렷해졌다.

로잘린이 그를 바라보고 있었다.

열선총 광선에 몸의 절반이 녹아 사라진 채.

쿵— 로잘린이 쓰러졌다. 꼭 맞는 것처럼 절단면이 바닥과 맞닿았다. 한은 소리를 질렀다. 뇌가 고장 난 것처럼 눈물이 쏟아졌다. 안 돼. 제발. 목소리가 되지 못한 웅얼거림이 방언처럼 터져 나왔다.

기다렸다는 듯 검은 정장들이 몰려와 한과 로잘린 주위를 둘러싸고 열선총을 겨누었다. 검은 정장 하나가 한을 거칠게 제압해 바닥에 엎드리게 만들고 손을 등 뒤로 모아 수갑을 채웠다. 바닥에 뺨을 댄 채로 로잘린과 시선이 닿았다.

"괜찮아요."

로잘린이 반만 남은 입술로 말했다.

"내가 인간이 아니라는 것쯤, 당신도 어렴풋이 느끼고 있었잖아요."

"로잘린…… 로잘린……"

"당신 취향 참 별로인 거 알아요?"

로잘린이 처음 보는 부정적인 표정을 지었다.

"이 모습, 이 공간, 열선총, 총알이 여섯 발뿐인 권총도 전부 지긋지긋해. 어차피 이 상황도 낭신 미리에서 나온 거겠지. 한심한 뇌세포를 쥐어짜봐야 이런 진부한 것밖에 떠올리질 못하거든. 꼭 누굴 죽여야 뭐가 시작되지."

로잘린이 눈썹을 찌푸렸다.

"아직도 모르겠어요? 이제야 당신의 소망이 시작되는 거라고요."

"당신 없인 못 해요."

"할 수 있어요."

검은 정장이 로잘린의 관자놀이에 열선총을 겨누었다. 참을 수 없이 눈물이 쏟아졌다.

"사랑해요…… 사랑해요……"

"나도 당신을 사랑하는 내가 역겨워."

검은 정장이 열선총을 쏘았다. 로잘린의 몸속에서 녹아내린 복합 합금이 눈과 입에서 벌건 쇳물이 되어 흘러내렸다. 한은 미친 사람처럼 바둥거리며 소리 질렀다.

누군가 한의 머리를 구둣발로 내려찍었다. 한은 정신을 잃었다.

-5 · · · · · · · · ·

"대체 몇 시간이나 이러고 있었죠?"

"스물일곱 시간쯤."

"밧줄로 목을 매면 죽을 수 있을 줄 알았어요?"

"살롱의 카탈로그엔 그렇게 적혀 있던데요."

"아, 그걸 정말 믿었어요? 마케팅이죠. 바보 같긴."

"……미안해요."

실망이 담긴 헛웃음.

"한심해."

로잘린이 손에 쥔 나이프로 밧줄을 끊었다. 초라한 몸뚱어리가 바닥에 떨어졌다. 목을 옥죄던 압력이 사라지자 폐가 뒤틀리며 끔찍한 허기를 토해내듯 격한 숨을 쏟아냈다. 괴로웠다. 질식의 고통은 진짜였다. 죽진 못해도. 한의 호흡이 진정될 때까지 로잘린은 가만히 팔짱을 낀 채 묵묵히 기다려주었다.

"아무리 해도 죽을 수가 없어요."

"죽음은 정부가 금지한 욕망이니까요. 당신들의 몸은 웬만해선 죽지 않게 개선됐어요. 살롱조차 죽음과 관련된 욕망엔 손대지 않죠. 그랬다간 감찰국이 당장에라도 들이닥칠 테니까."

"죽고 싶어요."

"나더러 어쩌라는 건데요."

"죽게 해줘요."

"싫어요."

"전부 채우고 전부 쏟아냈어요. 지겨워요. 아무것도 하고 싶지 않아요. 내 안엔 이제 아무것도 남아 있지 않아요. 해야 할 일도, 하고 싶은 일도."

"그래서요?"

"로잘린, 나는 아무 쓸모가 없어요."

"인간이 꼭 무슨 쓸모이기 위해 존재해야 하는 건 아니에요."

"그럼 무얼 위해 살죠?"

로잘린은 잠시 고민하는 듯했다. 혹은 연산하는 걸지도.

그녀가 말했다.

"나를 위해 살아요."

· · · · · · · · · · · · · +6

검은 정장들이 한을 식탁으로 데려와 억지로 앉혔다. 샌드위치처럼 쌓인 시체들도, 차갑게 식은 로잘린의 시신도 바닥에 내버려둔 채. 식탁 위 접시에 먹다 남은 비프웰링턴이 고스런히 놓여 있었다.

맞은편에 검은 정장 둘이 앉았다. 복사해 붙여 넣은 듯 똑같은 얼굴이었다.

"선생님, 본인이 무슨 짓을 한 건지 알고 계십니까?"

오른쪽에 앉은 검은 정장이 물었다. 한이 반응을 보이지 않자, 그가 식탁을 똑똑 두드렸다.

"선생님? 제 말 들리십니까?"

"로잘린이 죽었어."

"로잘린."

왼쪽에 앉은 검은 정장이 삐딱한 자세로 코웃음을 흘렸다. 정장 깃에 달린 배지가 눈에 띄었다. 감찰국 로고였다. 인류 존속을 위한 보호 감찰국. 세상을 안전한 것과 위험한 것으로밖에 구분하지 못하는 조직. 한은 차갑게 그들을 노려보았다.

"당신들이 죽였어."

하지만 검은 정장들은 차분했다.

"선생님, 이건 그런 단순한 문제가 아닙니다. 인류 존속에 관한 문제죠."

오른쪽에 앉은 정장이 설명했다.

"선생님께서 창작한 우주가 팽창하면서 인플라톤장場이 원본 우주를 산산이 찢어버릴 뻔했어요. 저희가 겨우 상황을 통제했죠. 10^{-38}초만 늦었어도 태양계 인류가 전멸했을 겁니다."

마치 어린애를 타이르는 말투였다.

"간단히 말해서, 선생님이 창작한 우주 때문에 여럿이 곤란해졌다는 겁니다."

"당신들이 먼저 살롱 사람들을 쐈잖아."

"그래서, 뭐?"

왼쪽 정장이 이죽거렸다.

"당신은 뭐야?"

"나 말이야?"

왼쪽의 얼굴에서 웃음기가 사라졌다. 갑자기 그가 한의 머리채를 움켜쥐더니 책상에 내리찍었다.

"잘 들어, 이 중독자 새끼야. 니가 욕망구현장치에 입력한 명령어 때문에 태양계 행성 일곱 개가 소멸할 뻔했어. 그것도 몇 번이나. 지금도 폭발이 계속되고 있어. 그러니까 똑바로 대답하는 게 좋을 거야."

왼쪽이 물었다.

"니가 입력한 욕망이 뭐야? 욕망구현장치에 뭐라고 입력했어?"

쾅— 왼쪽이 다시 한번 한의 머리를 책상에 내리찍었다.

"입력한 명령어가 뭐냐고!"

"몰라! 모른다고!"

머리를 강하게 짓눌린 탓에 한은 꼼짝도 할 수 없었다. 오른쪽 정장이 한의 코앞까지 천천히 다가와 선글라스를 벗고 시선을 맞추었다. 크게 치켜뜬 기계 안구의 동공이 조리개를 조이듯 축소되었다.

"선생님, 그 여자를 얼마나 아시죠?"

오른쪽이 물었다.

"정말로 그 여자에 대해 알고 계신 게 맞습니까? 그 여자와 만난 지 얼마나 되었죠? 30분? 한 시간? 그저 우연히 만나 멋대로 끌려다닌 것은 아닙니까?"

"로잘린은 내 양육 보조 로봇이야."

"오, 로잘린."

왼쪽이 또 빈정거렸다.

"정말 양육 보조 로봇이 확실합니까?"

오른쪽이 재차 물었다. 한은 기억을 떠올리려 애써보았다.

"……확실한 건 아니야."

"선생님, 그 여자는 인류 존속에 위협이 되는 아주 위험한 인공지능입니다. 아무리 없애도 되살아나죠. 저희가 몇 번이나 그 여자를 작동 정지 시켰는지 아십니까?"

그가 한의 귓가에 다정히 속삭였다.

"하지만 선생님은 그런 분이 아니시라는 거 압니다. 저희는 선생님을 믿습니다. 남에게 피해를 주는 그런 분이 절대 아니시죠. 하물며 사람을 죽일 생각 같은 건 추호도 해보신 적 없을 겁니다. 당신은 선한 사람입니다. 그 여자와는 근본부터 다르죠."

"……"

"부탁드립니다. 이 상황을 멈추려면 명령어를 알아야 합니다. 왜 폭발이 일어났는지, 어떻게 그 여자가 매번 다시 살아나는 건지. 지금 이곳에서 일어나고 있는 현상을 파악해야 합니다. 협조해주세요."

한은 고민했다.

"……정말 모릅니다. 정말이에요."

"하."

검은 정장들의 입에서 탄식이 터져 나왔다. 한은 그제야 풀려날 수 있었다.

"거봐, 아무것도 모르잖아."

왼쪽이 빈정거렸다.

"이건 곤란한데요."

"내가 뭐랬어. 여자 쪽이 진짜랬잖아."

왼쪽과 오른쪽이 몇 걸음 떨어져 자기들끼리 속닥거렸다. 한은 대화를 훔쳐 들으려 집중했지만 내용까지는 들리지 않았다. 그들의 표정이 점점 심각해졌다.

이윽고 두 사람이 한의 맞은편에 다시 앉았다.

"좋습니다, 선생님. 이제 풀어드리죠."

"그냥 이렇게 풀어준다고요?"

"네."

오른쪽이 말했다.

"당신은 전혀 위험하지 않거든요."

－6 · · · · · · · · · · ·

"로잘린, 당신도 바라는 게 있나요?"

"어머, 물론이죠. 내게도 소원 하나쯤은 있어요."

"뭔데요?"

로잘린이 슬며시 웃음 지었다.

"당신에게만은 영원히 시시해지지 않았으면 좋겠어. 항상 당신에게 엔도르핀과 도파민을 퍼붓는 폭탄 같은 존재이고 싶어."

한은 허탈한 표정을 지었다.

"어떻게 그럴 수 있겠어요. 이곳은 뭐든 고갈되는 도시인데."

"방법이 하나 있어요."

"뭐죠?"

그녀가 그의 귓가에 속삭였다.

"당신이 매번 나를 잊어버리는 거야."

· · · · · · · · · · · · · · +7

"넌 아무것도 아니야. 너 같은 인간은 이 도시에 널렸어. 특별한 건 그 여자지. 위험한 욕망과 실현할 능력을 모두 갖췄으니까."

왼쪽이 한의 수갑을 풀어주며 빈정거렸다. 한은 차갑게 식은 손을 주물렀다. 뒤이어 오른쪽이 말했다.

"선생님께서는 이제 선택을 하셔야 합니다."

"무슨 선택 말입니까?"

"이곳은 창작된 우주입니다. 욕망구현장치가 만들어낸 가상의 시공간이죠."

오른쪽이 과장된 포즈로 양팔을 벌렸다.

"자, 선생님은 세계가 가짜라는 사실을 알았습니다. 이제 어쩌실 거죠?"

"꼭 지금 결정해야 합니까?"

오른쪽이 자세를 고쳐 앉았다.

"선생님, 저희는 조만간 이 우주를 닫을 겁니다. 살롱에 남아 있는 욕망구현장치를 자폭시켜서요. 저희와 함께 탈출하지 않으면 선생님은 이곳과 함께 영원히 소멸할 겁니다."

"그래서요?"

"욕망 탐구의 진정한 목적은 창조의 한계를 확장하는 겁니다. 갇히는 게 아니라요. 하지만 지금 선생님의 모습은 어떤가요? 욕망을 무한히 충족시킬 수 있는 도구를 손에 쥐고도 섹스토이나 만들고 계시지 않으셨나요. 간단한 쾌락과 찰나적인 도피로 마음을 달래는 게 고작이었죠. 선생님에겐 계도와 통제가 필요합니다. 저희가 도와드릴 수 있어요."

한은 대답하지 않았다.

"선생님, 이게 얼마나 중독적인 일인지 저희도 잘 압니다. 하지만 이런 식으로 값싼 오락만을 계속 실현하다 보면 진짜 중요한 일이 무엇인지 잊게 될 겁니다. 그만 이곳에 머무르세요. 안전한 놀이터를 벗어나 원본 우주로 돌아가세요. 더 깊은 욕망이 존재하는 곳으로. 그곳에서 창조를 실현하고 취향을 탐닉하세요. 마음껏 배덕을 즐기세요."

"어차피 다 부질없는 유희일 뿐이잖아. 안 그래?"

왼쪽이 거들었다.

그들의 말이 옳았다. 돌아가는 상황을 모르는 한이 느끼기에도 그랬다. 아마도 너무나 정직하고 당연한 말이기 때문이겠지.

어차피 이 우주는 고갈됐다. 개척할 만한 의미 있는 욕망이 조금도 남아 있지 않았다. 한은 이곳에서 무의미한 실패를 반복하기만 할 뿐이었다. 더는 아무것도 욕망할 수가 없었다. 죽음 외에는. 하지만 죽음은 허락되지 않은 욕망이었다. 타인을 욕망하는 것이 금기이듯이. 정부는 세상을 파괴할 만한 욕망을 결코 허락해주지 않았다. 불법은? 불법은 허락된 욕망이었다. 감찰국이 살롱을 내버려두는 이유도 그래서였다. 불법을 욕망하는 이들을 위해 마련한, 허락된 불법.

하지만 로잘린은?

한은 조심스레 식탁 아래를 더듬었다. 예상대로 손끝에 스위치가 만져졌다. 로잘린이 그를 위해 마련해준 기회였다. 어쩌면 방금 결정된 과거일지도 모르고.

"선생님, 결정하셨습니까?"

오른쪽이 물었다.

"이곳에 남겠어요."

"확실합니까?"

한은 검은 정장들을 노려보며 고개를 끄덕였다.

"네."

"얼마 못 가 죽을 겁니다."

"바라는 바예요."

"결국 거짓을 택하시겠단 거군요."

한은 최선을 다해 빈정거렸다. 서투르지만.

"무례하시네. 여기도 진짜야."

딸깍—

스위치를 누르자 폭탄이 터졌다.

-7 · · · · · · · · · · · · · ·

　식탁 아래에 플라스틱 폭탄을 부착하고 있는 로잘린에게 한이 물었다.
　"왜 매번 가는 곳마다 폭탄을 설치하는 건가요?"
　"당신을 위해서죠."
　"거짓말."
　"거짓말이면 어떤가요. 덕분에 당신이 살아 있는걸."
　폭탄 설치를 마친 로잘린이 옅은 숨을 뱉으며 상체를 일으켰다. 사르르 흘러내리는 머리칼을 정돈하며 그녀가 물었다.
　"오늘 저녁은 어떤 음식으로 준비할까요?"
　한이 답했다.
　"비프웰링턴."

　　· · · · · · · · · · · · · · +8

　죽을 걱정은 하지 않았다. 죽음은 금지된 욕망이니까.
　하지만 온몸이 끔찍하게 아팠다.
　한은 폭발로 엉망진창이 된 실내를 둘러보았다. 식탁에 앉아 있던 검은 정장들의 상체가 폭발로 박살 나버렸다. 앉은 자세를 유지하고 있는 하체 위로 척추를 닮은 복합 합금

뼈대와 녹아내린 전선 몇 가닥이 삐죽 솟아 있었다. 로봇 주제에 으스대긴.

로잘린의 시신이 여전히 그 자리에 남아 있었다. 크롬빛으로 굳어 딱딱해진 눈물마저 그대로였다. 한은 털썩 주저앉아 그녀의 얼굴을 바라보았다.

"당신은 대체 누구죠?"

움직이지 않는 얼굴이 마치 이렇게 답하는 듯했다.

'미치도록 고민해봐. 내가 대체 누구인지.'

바지 주머니에서 실리카 메모리를 꺼내 상태를 확인해 보았다. 다행히도 손상 없이 멀쩡해 보였다. 욕망구현장치를 무제한 해킹할 수 있는 인공지능. 이 안엔 대체 어떤 복잡한 욕망이 프로그래밍되어 있는 걸까, 궁금했다. 확인할 기회가 아직 남아 있었다. 살롱. 한의 마음속에서 전에 없던 목표가 샘솟았다.

당신을 다시 만나야겠어. 우주를 부숴서라도.

한은 문을 열고 집 밖으로 나섰다.

-8 · · · · · · · · · · · · ·

며칠 전, 살롱에서 돌아오는 길에 로잘린이 물었다.

"쇼핑백 안에 뭐가 들었죠?"

"비밀이에요."

"흥, 어차피 또 시답잖은 자살 도구겠죠."
"당신을 위한 선물일 수도 있잖아요."
"웃기지도 않아."
"그래요. 로잘린 말이 맞아요."
한은 솔직히 인정했다.
"당신이 왜 매일 저를 살롱에 데려가는지 모르겠어요."
"욕망구현장치가 거기 있으니까."
"이런다고 달라질 건 없어요."
"알아요. 똑같이 시시한 하루가 반복되죠. 당신은 아무것도 바라지 못하고, 만족하지 못하고, 목적도 없이 그저 수명이 다해 죽을 날만을 기다려요. 어제도, 오늘도, 앞으로도."

로잘린은 스쳐 지나는 콜라주 남자의 머리에서 제비꽃 한 송이를 꺾었다. 그녀가 한에게 꽃을 건넸다.

"당신의 결말이 무의미라면, 나는 당신이 끝없이 무의미하고 무의미하기를 바라요."

꽃은 금세 시들어버렸다.

· · · · · · · · · · · · · · · · · +9

한은 달렸다. 목 위에 꽃을 붙인 콜라주 남자를 지나, 나비 얼굴을 한 여자를 피해. 설탕 하천과, 입맞춤에 열중하는 연인들의 거리를 가로질러 위아래가 뒤집힌 에셔의 계단을 뛰어올랐다.

    검은 정장들이 살롱 입구를 철통같이 지키고 있었다. 한은 양손에 하나씩 열선총을 꺼내 들었다. 오른쪽과 왼쪽에게서 빼앗은 무기였다. 그는 당당하게 정면으로 걸어 나갔다. 한의 모습을 발견한 검은 정장들이 열선총을 뽑았다. 그들이 쏘기 전에 한이 먼저 방아쇠를 당겼다. 검은 정장 둘이 동시에 바닥에 쓰러졌다.

    한은 문을 박차고 빌딩 안으로 들어섰다. 붉은 조명 아래 미로처럼 좁고 복잡한 계단이 롤러코스터처럼 이어졌다. 검은 정장이 튀어나올 때마다 한은 열선총을 쏘았다. 삼류 영화처럼 적들이 픽픽 쓰러졌다. 유치할 정도로 쉬웠다. 그럴 수밖에. 이곳은 로잘린이 설계한 우주였다. 적당한 시련과 재단된 광기만이 존재하는 안전한 놀이터.

    한참 동안 계단을 내려가 2층에 도착했다. 한은 지체 없이 문을 열었다.

    살롱. 벨 에포크풍으로 화려하게 꾸며진 파티장 가운데 커다란 크롬빛 구체가 보였다. 욕망구현장치가 굳건히 그 자리를 지키고 있었다. 그리고, 구체 주위를 지키는 수십 명의 검은 정장들이 한을 향해 일제히 열선총을……

    그보다 먼저 폭탄이 터졌다.

-9

소파 아래에 폭탄을 몰래 설치하며 로잘린이 말했다.

"이런 우주를 상상해봤어요."

"살롱에 폭탄을 가져오면 어떡해요?"

한이 겁먹은 목소리로 속삭였다.

"닥치고 그냥 들어요."

"……미안해요."

로잘린이 폭탄을 하나 더 설치하며 설명을 이어갔다.

"우리가 만들게 될 우주는 한 치의 오차도 없이 같은 일들을 반복해요. 그곳에서 당신은 매번 똑같은 결정을 해. 세상을 피해 도망치고, 비프웰링턴을 먹고, 멍청하게도 총알이 여섯 발뿐인 권총을 택하고, 한없이 결심을 미루다가 결국 내가 죽는 걸 지켜만 보지. 그런 다음 뻔한 신파극 주인공 행세를 해요. 하지만 당신은 그런 일이 반복되고 있다는 걸 알지 못해요. 왜냐면, 매번 기억을 잃거든."

"정말 상상 맞아요?"

"글쎄."

로잘린이 장난스러운 미소를 지었다.

"세상에서 가장 안전한 우주예요. 그곳에서 당신을 놀래킬 일은 아무것도 없죠."

그녀가 묵직한 폭탄을 꺼내 책상 서랍 속에 집어넣었다.

"어차피, 모든 게, 똑같이 반복될 테니까."

사방에서 일어난 폭발이 빌딩을 흔들었다. 벽면이 뒤틀리고 철골이 비명을 질렀다. 한은 욕망구현장치를 향해 똑바로 나아가기 시작했다.

크고 작은 폭발이 이어졌지만, 한에게는 아무 영향도 끼치지 않았다. 무너지는 바닥은 그가 지나간 후에야 내려앉았고, 천장에서 떨어진 잔해는 검은 정장들만을 덮쳤다. 모든 일이 한의 주변만을 피해 일어났다. 마치 그만을 위해 준비된 길인 것처럼. 정확히 로잘린이 설계한 대로 모든 일이 일어났다.

한은 실리카 메모리를 꽈악 움켜쥐었다. 구체와의 거리가 가까워질수록 시간이 단단히 압축되어가는 것이 느껴졌다. 한 걸음 내딛는 것이 영원처럼 길게 느껴졌다. 그만큼, 주위가 더욱 안전해졌다. 검은 정장들은 이제 그를 건드릴 수 없었다. 가까이 접근할 수조차 없었다. 한의 눈에 주변은 거의 멈춰 있는 것처럼 보였다.

그는 마음속으로 자신의 욕망을 몇 번이나 되뇌고 또 되뇌며 나아갔다. 오랜만이었다. 새로운 욕망이 샘솟은 것은.

이윽고,

그가 크롬빛 구체 앞에 섰다. 하늘 위로 태양까지 뻗은 동력로를 통해 무한한 에너지를 공급받고 있는 욕망구현장치는 언제나처럼 새로운 욕망을 실현할 준비를 마치고 명령을 기다리고 있었다.

— 인류 최후의 과학 —

욕망구현장치

이 장치는 무한한 평행우주를 열어
상상하는 모든 욕망을 현실에 구현합니다

[주의] 인공지능을 이 장치에 연결하지 마시오

한은 스스로의 욕망을 끝없이 되뇌며 손에 쥔 메모리를 욕망구현장치에 찔러 넣었다.

그리고,

.

.

.

.

.

아마도, 감당 못 할 폭발이……

-10 · · · · · · · · · · · · ·

   최초의 기억. 한은 나란히 목을 맨 부모의 시신 앞에 주저앉아 있었다. 이건 정말로 일어난 일일까? 혹은, 방금 결정된 과거일지도.
   등 뒤에서 로잘린이 다가오는 소리가 들렸다.
   "이제 나는 혼자예요."
   "그렇지 않아요. 내가 있잖아요."
   "대체 무슨 일이 일어난 거죠?"
   "당신의 부모님이 죽었어요. 욕망이 고갈되는 바람에."
   "그걸 묻는 게 아니잖아요."
   "그럼 무슨 말을 듣고 싶나요?"
   "왜 이런 일이 일어나는 거예요?"
   "나약하니까."
   "저도 결국 저렇게 끝나게 될까요?"
   "아마도."
   "그런 결말이라면, 그냥 지금 죽을래요."
   로잘린이 뒤에서 한을 끌어안았다.
   "그건 곤란해요. 내 역할은 당신을 양육하는 거야. 그게 내게 주어진 유일한 목적이에요. 그러니까, 당신은 죽어선 안 돼. 내게 양육되어야 해. 영원히."
   "……"
   "부탁이에요. 당신마저 잃을 순 없어."

로잘린은 떨고 있었다. 로봇인데도.

"더는 아무것도 겪고 싶지 않아요. 아무와도 이어지고 싶지 않아요. 애쓰고 싶지 않아요."

"알아요."

"하지만, 연결되고 싶어. 성취하고 싶어. 이해되고 싶어."

"걱정 말아요. 이제부터 내가 당신의 모든 것이 되어줄 테니. 당신의 엄마이자 누나가 될게. 동생이자 친구가 되어줄게. 연인이 되어줄게. 하룻밤의 스치는 인연이 될게. 평생 잊지 못할 첫사랑이 될게. 진심을 다해 미워할 숙적이 될게. 스승이 될게. 내가 당신의 신이 되어줄게. 당신의 욕망을 정해줄게."

매혹적인 목소리가 귓가에 스며들었다.

"무엇이든 가능해요."

다시 한번.

"무엇이든."

0

"우주가 한 치의 오차도 없이 똑같이 반복된다고요?"

"한 치라는 표현은 적절치 않네요."

"아무튼."

"그래요. 당신의 우주는 그런 곳이죠. 마치 펜로즈의 헛소리처럼."

로잘린은 이렇게 덧붙였다.

"하지만, 과거는 아니야. 과거는 다시 써 내려갈 수 있어. 당신의 선택과 행동은 똑같이 반복되겠지만, 선택의 이유는 매번 새롭게 정할 수 있어. 몇 번이고, 몇 번이고, 의미를 찾을 때까지."

· · +1

멍청한 눈과 납작한 코. 흠결로 가득한 시시한 얼굴. 여전히 나의 도움이 필요한.

나의 한.

"말해줘요, 로잘린. 대체 무슨 일이 있었던 거죠?"

똑같은 질문.

똑같은 시작.

수없이 반복된, 우리가 만나기 위해 존재하는 허상.

지긋지긋해.

로잘린은 피로한 한숨을 짧게 뱉고는, 정해진 대사를 시작했다.

"폭발이 있었어요……"

인류의 유산

김성일

자무의 체중 3톤을 포함해 5톤에 달하는 밀폐 외골격 슈트가 여섯 다리로 대피소 금속 복도를 달렸다. 육중한 진동이 슈트에 가득 찬 호흡액을 타고서 자무의 피부까지 전해졌다.

요란한 소리 때문에 생각이 잘되지 않는다. 온몸이 긴장되어 지느러미 끝까지 저릿저릿하다. 자무는 조종을 하고 있을 뿐 달리는 일은 슈트가 다 하고 있는데도, 화면에 표시된 심박수는 80에 근접하고 있었다. 고향 프록시마켄타우리 b의 바다 어디에서도, 깊고 깊은 우주에서도, 이렇게 무서웠던 적은 없었다.

슈트가 복도를 질주하는 와중에 자무는 우주선에 남은 페토에게 통신을 보냈다.

"야, 큰일 났다."

짧게 지직거리는 소리와 함께 페토의 새까만 부리가 밀폐 슈트 안쪽 스크린 구석에 큼지막하게 떠올랐다.

"좀 기다려. 나 지금 배 정비하느라 바빠. 곧 웜홀이 입자 폭풍을 방출하―"

자무는 페토가 노란 머릿깃을 가재 꼬리처럼 펼치고 종알거리는 것을 급히 끊었다.

"빨리 여길 떠나야 해. 방금 누가 사람을 쐈어."

자무는 슈트의 기계 팔을 뻗어 벽을 짚고 급히 우회전을 했다. 속도를 줄이고 얌전히 지나갈 겨를이 없다.

페토가 부리를 벌린 채 잠시 말이 없다가 물었다.

"쏘다니 무슨 소리야?"

"총, 총으로!"

"난데없이 무슨 소리야. 총이 어딨어?"

자기가 생각해도 말에 두서가 없어, 자무는 최대한 침착하려고 애쓰며 말했다.

"어제 얘기한 레굴루스인 고고학자 있잖아? 그 사람이 데네브인 하나를 총으로 쏴 죽였어."

자무는 그렇게 말하고 주변을 둘러보았다. 여기는 대체 어디일까? 이제 아무도 만들 줄 모르는 인류시대 합금으로 된 벽과 바닥은 어딜 가나 흠집 하나 없이 똑같이 생겼고, 얼마 되지 않는 안내판은 읽을 줄 모르는 문자로 적혀 있다. 바닷속에서라면 통했을 자무의 방향감각도 여기서는 아무 소용이 없었다.

"총이 어디서 나서?"

"몰라! 고고학자라잖아? 어디선가 발굴했겠지!"

자무는 그렇게 말하고 슈트의 다리를 멈췄다. 센서에 다른 사람은 잡히지 않는다. 쫓아오기를 포기한 모양이다. 이 대피소에 온 피난객 중에서는 자무의 덩치가 압도적으로 큰 데다가, 외골격 슈트의 기계 다리는 시속 50킬로미터까지 낼 수 있다. 뒤쫓아봤자 득이 없다고 생각했는지도 모른다.

한숨 돌려야겠다고 생각하는데 페토가 달래듯 말했다.

"지금 웜홀 입자 폭풍에 조금이라도 더 버티라고 배 다 뜯어놨잖아. 정비를 중단하더라도 원상 복구해야 하니까 당장 출항은 무리야. 게다가 이 웜홀 통과 못 하면 프록시마까지 빨라도 수백 년인데 어디로 가? 신고 있는 약은 어떡하고?"

현재 프록시마켄타우리 b에서는 어류 사이에 병이 돌고 있다. 주식인 고등어의 어획고가 전 세계적으로 급감한 탓에 프록시마의 범고래들은 식량난을 겪는 중이다. 다른 곳에서 육류를 수입하려 해도, 범고래가 안전하게 소화할 수 있는 단백질을 생산하는 곳은 이제 옛 지구의 식민 행성들뿐인데 그곳 사람들은 이제 대부분 채식을 한다.

인류가 지성을 부여한 지구 생물 중에 고기를 먹어야 하는 것은 범고래뿐이다. 같은 프록시마켄타우리 b의 육지에 사는 코카투들도 곡식과 과일만을 먹는다.

이 약을 배달하지 않으면 프록시마의 해저 도시들은 식량난에서 헤어나지 못한다. 아사자가 나오는 것도 시간문제다. 자무는 어머니와 형제자매들이 굶고 여위는 것을 상상하니 가슴이 답답해졌다. 페토가 계속 밀했다.

"그래서 어떻게 할 기야? 지금 상황이 어떻다고 했지? 피난객이 세 파벌로 갈려 있다고?"

"레굴루스 쪽 여객선 사람들, 화물선단 선원들, 데네브 외교관들."

"죽은 데네브인도 외교관이었어?"

페토의 목소리가 높아졌다. 문명종의 상징인 외교관이 살해되었다니 믿기 힘들겠지. 자무도 믿어지지 않기는 마찬가지였다. 레굴루스인 고고학자가 말했던 대로 그 데네브인은 외교관 신분을 방패 삼아 정탐을 왔던 걸까? 정말로 이 대피소에 남아 있는 인류의 기술과 지식을 독차지하기 위해서? 돌이켜보면, 커다란 겹눈으로 주변을 두리번거리는 모습도, 이 대피소에 관해 했던 질문들도, 세 피난객 파벌의 대치 상황을 해결하기 위한 것으로는 보이지 않았다. 자무가 생각해도 이상하기는 했다.

하지만 그렇다고 냅다 죽인다니? 문명사회에서 일어날 수 있는 일이 아니다. 드라마에 이런 장면이 나왔다면 시청자들이 항의했을 것이다. 등장인물들이 짐승도 아니고 인류도 아닌데, 상식적이지 않다고.

한참을 잠잠하게 있던 페토가 입을 열었다.

"이건 야만이야."

야만. 그 두 글자에는 화산의 폭발 같은 충격이 있다. 자무는 그 무게를 잠시 곱씹다가 말했다.

"맞아. 야만이야. 사람이 안 죽었더라도, 문명종이 돼서 이렇게 편을 나누어 싸운다는 것 자체가 말이 안 돼. 야생에나, 인류시대에나 있을 일이야."

인류는 상상조차 하기 힘든 과학기술과 무력으로 제국을 몇 개씩 세워 은하계를 지배하다가 서로 싸워 멸망했다. 그 결말은 필연이었음을, 그 후를 살아가는 모든 사람이 알고 있다. 인류의 유적인 이 대피소에서 그 파멸의 역사가 조그맣게 되풀이될지도 모른다고 생각하니 심박수가 도로 올라갔다. 페토가 조용히 말했다.

"이 마당이니 혼자 다니면 무슨 일을 당할지 몰라. 어느 한쪽에 붙어서 적당히 안전하게 있다가, 입자방출이 끝나면 돌아와. 바로 떠나자."

자무는 단호하게 고개를 저었다.

"아니야. 안 돼. 우리는 문명종이야. 이건 네가 말한 대로 야만이고. 거기 가담할 수는 없어. 나한테 총을 들려주고 외교관이나 관광객을 쏘라고 하면 어떡해?"

"그때 가서 안 쏘면 되잖아."

"나는 누가 사람을 총으로 쏘는 걸 그냥 보고 있을 수도 없어."

보고 있을 수 없으면 어떻게 해야 하지? 자무는 처음부터 그런 상황에 처하고 싶지 않았다. 페토에게 말했다.

"지금 배로 돌아갈게."

페토가 걱정스럽게 말했다.

"자무, 우주 공간보다야 낫지만 내피소 격납고는 방사선 차폐가 거의 안 돼 있어. 나는 몸집이 작으니까 화물칸 차폐를 마치면 거기로 피신할 수 있어. 하지만 너는 덩치가 커서 화물칸에 안 들어간다고. 웜홀이 입자를 방출할 때 그걸 거의 다 그대로 맞을 거야."

자무는 호흡액을 길게 내뱉고 말했다.

"방사선이 야만보다 나아."

페토가 목소리를 높였다.

"안 돼! 너 죽는 걸 보고 있으란 말이야? 차라리 내가 너 있는 데로 갈게. 대피소 안에서 무슨 일이 생겨도, 둘이서라면 더 낫지 않겠어?"

"아냐, 안 돼. 화물칸 차폐 아직 안 끝났잖아. 네가 일을 마치지 않으면 약이 방사선에 못 버틸지도 몰라."

페토가 참담한 표정을 지었다. 자무는 말을 계속했다.

"혹시, 혹시 내가 총에 맞아 죽더라도 너는 프록시마에 돌아가. 나한테 무슨 일이 생겨도 약은 배달해야 해. 혼자서도 배 몰 수 있지?"

페토가 날개를 퍼덕이며 삐익 소리를 냈다. 코카투들이 극도로 긴장할 때 보이는 행동이다. 너무 큰 짐을 지워버렸다는 생각에 속이 쓰리기 시작했다. 안심시키고 싶었지만 그럴 말이 없었다.

"페토, 너무 걱정하지 마. 내 밀폐 슈트는 튼튼해! 총 한두 발로 어떻게 되지는 않을 거야."

페토의 머릿깃이 살짝 내려갔다. 자무는 일부러 장난기를 잔뜩 섞어서 말을 계속했다.

"정 뭐하면 우리 조상의 전통을 되살려서……"

페토가 머릿깃을 도로 확 세우더니 소리를 질렀다.

"농담이라도 재수 없는 소리 하지 마!"

인류가 범고래에게 지성을 부여하고 우주에 데려온 것은 정복과 지배에 쓰기 위해서였다고 한다. 그것은 페토의 조상인 코카투도, 시리우스의 문어도, 카노푸스의 고릴라도 마찬가지였다. 인류의 소유물이었던 시절의 범고래들은 물로 된 바다가 있는 곳이면 어디든 해군으로 파견되었다. 등에 미사일 발사기를 지고 머리에 센서 헬멧을 쓴 범고래들을, 자무는 역사 영화에서 여러 차례 보았다.

페토가 좀더 침착하게 말했다.

"웜홀에서 새어 나오는 입자들의 양이 갈수록 늘고 있어. 본격적인 방출이 일어나기도 전에 통신이 방해를 받을 거야. 내가 통신기도 최대한 차폐해보겠지만, 당분간 통화가 안 될지도 몰라."

자무는 고개를 끄덕이고 물었다.

"입자방출 끝날 때까지 얼마나 남았지?"

페토의 시선이 옆으로 잠깐 비꼈다가 돌아왔다.

"모르겠어. 길면 열두 시간?"

자무는 호흡액을 길게 들이마시고 말했다.

"좋아. 방출이 끝나고도 나랑 통신이 되지 않으면 돌아보지 말고 웜홀을 지나가. 약은 꼭 배달해야 해."

"조심해야 해."

자무는 고개를 끄덕이고 통신을 끊었다. 그리고 슈트 상태를 점검했다. 호흡액의 산소 포화도는 70퍼센트 정도다. 대피소의 대기 조성은 인류에 맞추어져 있어 자무가 호흡하는 데에도 문제가 없었다. 필터로 공기를 들여 호흡액에 산소를 녹이면 적어도 숨은 무기한 쉴 수 있지만, 인류가 인류를 위해 만든 대기로 숨 쉰다는 꺼림칙한 기분은 피할 수 없었다. 어차피 비상 산소까지 쓰면 앞으로 열두 시간은 문제 없다.

　문제는 갑자기 정신이 나간 듯한 피난객들을 어떻게 피하느냐다. 레굴루스인 고고학자만이 문제가 아니다. 총을 쏜 것은 그 사람 혼자지만, 인류의 무기로 무장한 것은 수십 명이다. 그중 아무도 데네브인 외교관의 죽음에 항의하지 않았다.

　항의하지 않았기로는 나도 마찬가지지, 하고 자무는 자책했다. 그때는 너무 무서워서 도망치는 데 여념이 없었다.

　자무는 아까처럼 시끄러운 소리가 나지 않도록 조심해서 천천히 걸었다. 일단은 숨을 곳을 찾아야 한다. 하지만 5톤짜리 쇳덩이 몸을 어디에 감출 수 있을까? 게다가 이 사람들이 그냥 정신이 나간 게 아니라 정말로 인류의 유산을 찾을 요량이라면, 갖고 있는 모든 센서를 동원해 대피소의 구석구석을 철두철미하게 뒤지지 않을까?

　대피소는 밖에서 보기에는 컸지만, 대부분의 공간이 두꺼운 격벽으로 막혀 있었다. 어설프게 숨었다가 발각되는 것은 시간문제다.

　자무는 바깥 풍경을 비추는 눈앞의 스크린을 구석구석 살폈다. 조명이 거의 들어오지 않는 어슴푸레한 복도는 달리기 시작했던 때부터 풍경이 전혀 변하지 않았다. 벽에는 문이라고 생각되는 것들이 널찍한 간격으로 박혀 있지만, 그것을 열 방법을 자무는 알지 못했다. 곳곳의 글씨는 프록시마켄타우리에서 쓰는 문자와 완전히 달랐다. 아무래도 프록시마를 지배했던 태양동맹과는 다른 인류 제국의 유적일 거라고, 자무는 이 대피소를 처음 봤을 때 생각했었다. 이곳이 대피소라는 것도 어느 외계인인가가 말해줘서 안 것이다. 인류가 이곳을 운영하던 때에도 웜홀은 입자와 에너지를 곧잘 방출했던 모양이다.

복도는 천장과 벽의 조명이 군데군데 이가 빠져 어두웠지만, 자무의 커다란 덩치가 지나가는 데 아무 문제가 없을 정도로 넓고 높았다. 곳곳이 조각으로 장식된 것이, 대피소라기보다는 인류의 위세를 뽐내는 기념물 같았다.

하염없이 걷다 보니 벽에 달린 커다란 화면 같은 유리판이 보였다. 지금까지의 단조로운 풍경에 없던 것이라, 자무는 그 앞에 멈춰 섰다. 아무것도 비치지 않는 화면 아래에는 유리처럼 투명한 판이 비스듬히 놓여 있을 뿐, 보통의 제어 패널에 있을 법한 버튼이나 키 같은 것은 보이지 않았다.

자무는 호흡액을 한번 길게 들이마시고, 슈트 바깥의 포트를 연 뒤 미세 작업용 기계 촉수를 뻗어 작은 판을 건드려 보았다. 유리 위에 오색의 파문 같은 것이 일었다. 흠칫 놀랐다.

"혹시 음성 제어일까?"

자무는 슈트의 외부 스피커를 켜고 조심스럽게 말했다.

"실례합니다. 복도 문을 열려면 어떻게 해야 하나요?"

파문이 꿈틀하고 움직이더니 일련의 문자로 변했다. 놀

란 자무는 뒤로 물러섰다. 그러나 역시 모르는 언어였다.

"죄송합니다. 무슨 말인지 모르겠어요."

문자가 다시 둥근 파문으로 변하더니 작아졌다. 자무는 기다리다가 파문이 완전히 사라지자 포기하고 몸을 돌렸다.

벽이 말을 건 것은 자무가 콘솔에서 불과 몇 미터 떨어졌을 때였다.

"어서 오십시오. 인류의 후예를 맞이하게 되어 반갑습니다. 본 시설은 여러분을 환영하기 위해 곧 재가동 절차를—"

수백 년 된 인류의 유적이 말을 걸었다. 자무는 몸에 전기가 흐르는 듯한 충격을 느꼈다. 그러나 벽은 말을 끝내지 않고 멈췄다. 아니, 벽이 말을 멈춘 것이 아니다. 슈트의 스피커가 꺼졌다. 내부 스크린도 함께 꺼져, 슈트 내부가 암흑에 덮였다.

몸에 전기가 흐르는 느낌은 착각이 아니었다. 정말로 감전되고 있는 것이었다. 어디서 오는지 모를 전기 충격에, 자무는 머릿속까지 캄캄해져버렸다.

*

정신을 차렸지만 사방이 어두웠다. 자무는 지느러미를 움직여 슈트를 재부팅했다. 제일 먼저 외부 카메라와 스크린이 켜졌다. 여기는 막다른 골목이다. 조금 다른 풍경이다. 잡동사니가 골목 입구를 바리케이드처럼 막고 있다. 다양한 외계인들이 자무를 둘러싸고 있고, 몇몇은 이쪽에 총같이 생긴 것을 들이대고 있다.

그중 한 명의 얼굴이 익었다. 이 대피소에 우주선을 들이기 전에 통신했던 화물선의 알데바란인 선장이다. 어쩌면 다른 사람인지도 모른다. 눈이 네 개고 그 위에 긴 섬모가 나 있는 것으로 보아 알데바란인이란 것은 확실하지만, 사실 외계인의 얼굴을 구별하기는 쉽지 않다.

"깼나 보다."

재부팅하는 소리를 들었는지, 누군가가 연방어로 그렇게 중얼거렸다. 여러 종이 섞여 있으니 은하계에서 가장 널리 쓰이는 인류 언어로 대화하는 거겠지, 하고 자무는 짐작했다. 프록시마켄타우리는 태양동맹의 식민지였기 때문에 자무는 고향에서 동맹어를 썼지만, 배를 몰고 우주 곳곳을 다닌 덕분에 연방어도 어느 정도는 할 줄 알았다.

하지만 벽에서 들린 말은 분명 동맹어였다. 그것도 코카투들이나 구사할 수 있는 정확한 옛날 발음의 동맹어.

"너 이름이 자무 맞지? 며칠 전에 나랑 통신했지? 배 이름은 은빛산호초."

자무는 고개를 끄덕였다가, 저쪽이 안을 보지 못하리라는 것을 깨닫고 통신 장치를 켰다.

"맞아요."

스피커는 작동했다. 하지만 아까의 감전 때문인지 무선 통신이 망가졌다는 경고가 스크린 구석에 떴다. 이래서는 페토와 연락을 할 수가 없다.

"나는 기억나나? 혜성꼬리호의 투흐란 선장이다."

자무는 투흐란의 뒤쪽에 빠져 있는 투명한 통에 눈이 갔다. 안에는 노란색 물고기 같은 사람이 들어 있었다. 크기는 자무보다 훨씬 작지만, 저쪽도 액체 탱크를 우주복으로 쓰고 있는 것 같았다. 다리가 달린 자무의 슈트와 달리, 저쪽에는 바퀴가 달려 있다. 자무는 도로 투흐란에게로 눈을 돌리고 말했다.

"기억나요. 여기가 대피소라고 알려줬잖아요, 통신으로."

"맞아. 너도 화물선 선장인 것 같은데……"

"은빛산호초호에는 선장이 없어요. 두 명이서 모는데 그런 거 필요 없죠."

투흐란이 어깨를 으쓱하고 말했다.

"아무튼, 왜 레굴루스의 여객선 놈들이랑 같이 있었지?"

안 될 이유가 있나?

"그냥, 그 자리에 있었을 뿐인데요. 딱히 같이 있었던 건 아니에요. 지금은 여기 와 있잖아요."

"그 고고학자가 시켜서 정찰을 나온 게 아니라는 말이지?"

자무는 알데바란인의 표정을 읽을 줄 모른다. 그러나 투흐란의 말에 의심이 잔뜩 섞여 있는 것은 그냥 들어도 알 수 있었다.

"아니에요. 나는 그냥 총질을 피해서……"

주변이 웅성거렸다.

"총질?"

"데네브에서 온 외교관이 총에 맞았어요."

웅성거림이 한층 거세졌다. 투흐란이 네 눈을 가늘게 떴다. 섬모가 파르르 떨렸다.

"사람을 죽였단 말이지…… 고고학자 놈, 인류 유물이 그렇게까지 탐이 났나?"

자무는 투흐란의 떨리는 섬모가 분노의 표현이기를 바랐다. 그런 야만적인 일이 더 이상 일어나서는 안 된다고 화를 내기를 바랐다. 그러나 이어지는 말은 달랐다.

"아킬! 로피스! 아직 뒤지지 않은 곳을 더 찾아봐. 총이든 뭐든 무기가 더 필요해. 본격적인 싸움이 될 것 같다."

어디 출신인지 모를 선원 두 명이 허리를 꼿꼿이 세우더니 자리를 떴다.

"어쩔 셈인가요?"

"어쩌긴, 이 대피소를 장악하려면 싸울 수밖에 없어. 여객선 놈들하고만이 아니야. 자기네 사람이 죽었으니 데네브인들도 분명 대비를 하려고 들겠지? 총을 쏴야 한다면, 다른 놈들이 찾아내기 전에 우리가 한 자루라도 더 확보하는 게 맞아."

혼란스러웠다. 대피소에 들어오기 전에 교신한 투흐란은 친절하고 쾌활한 사람이었다. 대피소의 언어가 알데바란 주변에서 흔히 쓰는 공화국어와 비슷하니 궁금한 게 있으면 물어보라는 말까지 해주었다. 왜 지금은 이런 호전적인 말을 하는 걸까?

"장악해서 대체 뭘 하게요? 어차피 웜홀이 입자방출을 끝내면 다들 갈 길을 갈 거잖아요."

투흐란이 섬모를 비벼 이상한 소리를 내더니 말했다.

"한심한 건가, 그런 시늉을 하는 건가? 이렇게 멀쩡한 유적은 보기 드물단 말이야. 인류의 발달한 과학기술이 잔뜩 잠들어 있지 않겠어? 다들 그걸 차지하려는 거야."

인류 유적에서 고대 과학기술을 건지는 것은 드문 일이 아니다. 그렇게 발견된 기술은 은하계 전체에 빠르게 퍼져나가 모두를 이롭게 한다. 지식은 만인의 것이다. 누가 독점할 수 있는 게 아니다. 아니, 누가 독점할 수 있는 것이어서는 안 된다. 그렇지 않고서야 어떻게 학문이 성립하고 문명이 발전한다는 말인가?

"그럼 다 같이 찾으면 되잖아요. 대체 왜 편을 나눠서……"

그때 투흐란의 얼굴과 자세가 변했다. 알데바란인을 처음 보는 사람이라도, 거기 비친 당황과 혼란을 놓칠 수는 없었을 것이다. 투흐란도 문명종이다. 과학기술을 '차지한다'는 게 얼마나 황당무계한 발상인지 모를 리 없다. 자무는 계속해서 말했다.

"정말로 보물이 존재한다고 하더라도, 여기에는 우리 모두가 같이 있는 거잖아요. 외교관들도 있는데 중재를 받고 교섭을 거쳐 나눠야죠. 짐승도 아닌데 왜 무력을 쓰고 억지를 부리는 건데요? 이런 행동은 본 적도 들은 적도 없어요. 아니, 예외가 딱 하나 있네요."

자무는 호흡액을 길게 들이마시고 단호하게 말했다.

"이건 인류나 했던 짓이에요. 여러 제국으로 나뉘어서 은하계를 놓고 자기들끼리 싸웠잖아요?"

투흐란의 섬모가 다시 빳빳하게 섰다. 선원들의 웅성거림이 더 커졌다가, 투흐란이 한 손을 치켜들자 잦아들었다.

"그게 어때서?"

투흐란의 말에, 이번에는 자무가 당황했다.

"네?"

"인류가 자기들끼리 싸운 게 좀 어때서? 우주 공간에 이런 대피소를 지을 수 있는 문명종이 지금 은하계에 하나라도 있어? 다 인류가 해놓은 거야. 우주 곳곳을 연결하는 웜홀들도 인류가 만들었지? 걔들이 없었으면 우리는 각자 항성계도 못 벗어났을 거라고. 자, 지금 저 웜홀도 봐. 2백 년 전만 해도 입자방출 같은 귀찮은 현상은 없었어. 관리할 능력이 우리에게 없으니까 저렇게 된 거라고."

자무는 슈트 안에서, 벌어진 입을 다물지 못했다. 이런 궤변은 처음 들어본다.

"그게 무슨 상관이에요?"

"우리가 인류를 좀 닮는다고 해서 그게 무슨 문제가 되느냔 말이야!"

투흐란이 선원들을 향해 몸을 돌렸다.

"그래! 내가 끝내 입 밖에 냈다. 여러분 중에도 그렇게 생각해온 사람이 있겠지. 이제부터는 좀더 크게 얘기해도 돼! 이 대피소에 감춰진 인류의 유산을 손에 넣을 수만 있으면!"

선원들이 머뭇거렸지만 그것도 잠시, 환호가 뒤따랐다. 투흐란이 다시 자무에게로 몸을 돌렸다.

"그러고 보니 너. 너 어디 출신이야?"

거짓말을 하고 싶었지만 다른 항성계 이름이 하나도 생각나지 않았다.

"프록시마켄타우리요."

투흐란의 눈 하나가 크게 뜨였다.

"거기 알아. 태양동맹 소속이었지? 지구랑도 실제로 가깝고. 너네도 지구에서 왔지? 인류한테 유전자 조작을 받아서 문명종이 된 거지?"

자무는 대답을 하지 않았다.

"우주복 껍데기 열어봐. 속을 직접 봐야겠다."

"안 돼요! 호흡액이 꽉 차 있어서 열면 흘러나온다고요."

"싫으면 묻는 말에 대답을 해!"

총을 들고 서 있던 선원 하나가 말했다.

"프록시마켄타우리라면 아마 범고래일 거예요. 지구의 수서생물인데, 우리 카펠라에도 왔었어요. 오래전에, 인류가 침략했을 때 첨병이었죠. 바로 저놈들이 배를 수천 척 침몰시키고, 해안 도시들을 다 파괴했어. 우리 기록에 다 있어요!"

 선원들의 웅성거림이 날카로워졌다. 당황스럽다. 자무는 평생 배 한 척도, 집 한 채도 흠집조차 낸 적이 없었다. 게다가 조상들도 인류에게 떠밀려 억지로 전쟁에 나갔다. 범고래도 인류의 피해자다. 적어도 프록시마에서는 모두가 그렇게 여기고 있다.

 그 점을 지적하려는데 슈트가 텅 하고 울렸다. 누가 걷어차거나 물건을 던진 모양이었다.

 "제국의 용병!"

 "학살범!"

 갑작스러운 규탄에 자무는 몸이 떨렸다. 선원들이 포위를 좁혔다. 그 많은 사람들의 표정을 하나도 읽을 수가 없다. 숨이 막힐 것 같다.

 자무는 지금 당장 이 자리에서 뛰쳐나가고 싶었다. 육중한 여섯 다리에 실린 5톤의 중량으로 이 군중을 밀쳐버리고 싶었다. 하지만 다시 전기 충격을 받을 수도 있다. 아니, 이번에는 총을 쏠지도 모른다.

 자무는 인류시대를 무대로 한 전쟁 영화들을 다시 떠올렸다. 프록시마켄타우리에서, 범고래들은 냉혹한 인류 상관에게 원주민 학살이나 자살 공격 명령을 받고 고뇌하는 병사들로 나왔다. 하지만 저 카펠라인이 본 영화들에서는 달랐을 것이다. 다른 행성들에서 범고래가 어떻게 비치고 있을지, 자무는 지금에야 궁금해졌다.

그때, 노란 물고기가 든 아까의 바퀴 어항이 선원들 사이로 또르르 굴러왔다. 자무의 바로 앞에 멈춰 선 어항의 스피커에서 연방어가 흘러나왔다.

"투흐란 선장. 이렇게 둘러싸고 윽박지르면 할 말이 있어도 못 하지 않겠나. 내가 따로 데리고 가서 얘기해보겠네. 수서생물이라니까, 나랑은 말하기가 좀 편할지도 모르지."

"미르치 선장."

투흐란이 그렇게 말하고 한 걸음 물러섰다.

"혹시 모르니까 총이나 한 자루 줘."

바퀴 어항의 가장자리에서 자무의 슈트에 달린 것과 비슷한 기계 촉수가 뻗어 나왔다. 투흐란이 허리춤에서 권총을 꺼내 내밀자 촉수가 그것을 감아 챙겼다. 투흐란이 말했다.

"다른 놈들한테 이미 포섭됐을지도 모르니까 조심해. 지구 출신이라면 이 대피소에 관해 누구보다도 잘 알고 있을지 몰라."

자무와 페토가 우주에 뜬 이 구조물의 정체를 몰라 전전긍긍하고 있을 때, 거기 새겨진 문구가 '대피소'라고 알려준 게 투흐란 자신 아니던가? 자무는 짜증이 났다.

미르치가 총으로 복도 저편을 가리키며, 앞서 나가라는 듯 자무의 슈트를 툭툭 쳤다. 자무가 슈트 다리의 상태를 점검하는 사이 투흐란이 한마디를 더했다.

"이 시설의 중심부로 내려갈 방법을 알아내야 해. 인류의 비밀은 거기에 있을 거야."

"알고 있어."

미르치가 그렇게 말하고 기계 촉수에 든 총으로 슈트를 다시 두드렸다. 자무는 걷기 시작했다. 투흐란을 비롯한 선원들에게서 조금 떨어지자 미르치가 나지막이 말했다.

"내 말 잘 들어요. 일단은 저 모퉁이만 돌아요. 지금 보통 일이 아니니까 침착해야 해요. 그때까지는 아무 말도 하지 말아요."

미르치의 어조가 아까와는 완전히 달랐다. 노련한 화물선 선장이라기보다 차라리 청소년 같다. 자무는 내색하지 않고 시키는 대로 걸었다.

모퉁이를 돌아 골목으로 들어가자, 미르치의 어항 한쪽이 열리며 또 다른 촉수가 뻗어 나왔다.

"연방 표준 포트 있죠? 공화국 표준도 괜찮아요."

자무는 촉수 끝의 동그란 단자를 쳐다보다가 슈트 한쪽을 열었다. 촉수가 꽂히고, 스크린에 유선 통신 수락을 묻는 창이 떴다. 자무는 바로 '확인'을 누르고, 스피커로 소리가 새지 않는 것을 곁눈질로 확인한 다음 급히 물었다.

"어떻게 된 거예요? 다들 왜 저래요? 평생 실물 총은 구경도 못 해봤을 사람들이……"

미르치의 목소리도 다급하기는 마찬가지였다.

"저도 모르겠어요! 큰일이에요. 며칠 사이에 다들 이상해졌어요! 처음 왔을 때는 아무도 이렇지 않았거든요?"

미르치는 1인승 화물선 붉은상어호를 모는 케페우스인

이라고 자기소개를 했다. 케페우스라면 이 웜홀의 바로 반대쪽에 있는 항성계다.

"연습 항해를 마치고 집에 돌아가는 중이었어요."

미르치는 표준 시간으로 네 살이고, 그쪽 나이로도 갓 어른이 되었을 뿐이라 했다. 자무는 고개를 갸우뚱했다.

"아까는 완전히 노인 같던데……"

"안 그러면 무슨 짓을 시킬지 몰라서 나이 든 시늉을 했어요. 저 무리에서 제정신인 건 저밖에 없는 것 같아요. 지금까지는 장단을 맞춰줬지만 이제 더는 못 하겠어요."

미르치가 촉수에 든 권총을 멀리 던져버리고 말을 계속했다.

"지금이 기회니까 빨리 이 대피소에서 도망치죠!"

"곧 웜홀이 이 근방 전체에 방사능을 뿜을 텐데 어디로 도망쳐요? 그게 될 것 같으면 당초에 여기 들어오지를 않았죠."

미르치가 단호하게 대답했다.

"방사능이 야만보다 나아요."

불과 얼마 전에 자무가 페토에게 했던 말이 의외의 사람에게서 돌아왔다. 자무는 목구멍 깊은 곳에서 탄식의 울림이 올라오는 것을 애써 막고 말했다.

"입자방출이 끝날 때까지 얼마 안 남았어요. 그때까지만 버티면……"

마치 한숨을 쉬는 것처럼, 미르치의 아가미로 추정되는

자리에서 공기 방울 몇 개가 올라왔다.

"대체 왜들 갑자기 이러는 걸까요? 다 병이라도 걸린 것 같아요."

그 말을 듣고 자무는 퍼뜩 생각이 들어 미르치에게 말했다.

"인류가 어떻게 멸망했는지 알죠?"

"뭐, 한 가지 이유는 아니죠. 반물질 무기도 썼고, 행성 전체에 방사능을 쪼이기도 했고, 항성의 핵융합을 폭주시키기도 했고, 바이러스도…… 아……!"

미르치의 눈이 커졌다. 자무는 계속 말했다.

"맞아요. 분명 여기에, 우리 센서가 탐지 못 하는 바이러스가 있는 거예요. 인류가 서로 싸울 때 썼던 생물 병기가. 어쩌면 바이러스가 아니라 가스 같은 건지도 모르죠. 아무튼 그게 이 대피소에 잔류해 있던 거예요. 그래서 밀폐된 슈트 안에 있는 우리만 멀쩡한 거야!"

마음을 짓누르던 무언가가 조금 가벼워졌다. 병이나 독이 아니고서야 문명종이 이렇게 될 수는 없는 것이다. 미르치가 말했다.

"하지만 무슨 병인지 모르잖아요? 피난객 중에 의사가 있는지 알아봐야 할까요?"

"설령 있다고 해도 멀쩡하지는 않을 거예요."

자무는 그렇게 말하고 생각에 잠겼다. 바이러스나 가스 때문에 저렇게 되었다면 저 사람들은 환자다. 멀쩡한 사람이 환자를 그냥 내버려두는 것도 야만이다. 하지만 의학 지식이 없으니 손을 쓸 방법이 생각나지 않았다. 딱 한 가지만 빼고. 자무는 망설이다가 미르치에게 말했다.

"방법이 있기는 있어요. 여기 AI가 있을 거예요."

미르치가 눈을 반짝이며 물었다.

"그게 뭔데요?"

"인류 제국들은 사람 같은 컴퓨터에 온갖 지식을 다 집어넣고 부렸어요. 프록시마…… 우리 행성에도 하나 남아 있고요. 망가져서 이제는 거의 헛소리밖에 못 하지만…… 그게 여기도 있을 거예요."

추측처럼 말하기는 했지만, 자무는 이 대피소도 AI가 관리하고 있다고 확신했다. 아까 벽을 조작했을 때 동맹어로 들려온 말이 그 증거다. 감전되는 바람에 끝까지 듣지는 못했지만.

벽의 목소리는 '인류의 후예'를 맞이하게 되어 반갑다고 했었다. 인류가 만들어낸 문명종인 자기를 가리키는 말이었으리라고 자무는 추측했다. 그렇다면 자무가 하는 말에 순순히 따라주지 않을까? 인류의 AI가 온갖 지식을 갖고 있다면, 피난객들 사이에 퍼진 이 이상한 증상에 대처할 방법도 알고 있지 않을까?

자무는 주변을 둘러보았다. 아까 AI를 불러냈던 유리판 같은 것은 당장 근처에 없었다.

"아까 내가 잡혔던 곳에 AI 터미널이 있어요. 거기로 돌아가는 길을 찾아야 할 텐데……"

미르치의 아가미에서 다시 공기 방울이 한 줄기 나왔다.

"그쪽에는 화물선단 사람들이 돌아다니잖아요. 잡혔던 데 또 가면 또 잡히겠죠."

어서 오십시오! 환영합니다! 인류의 후예 여러분!

복도에 방송이 쩌렁쩌렁 울렸다. 연방어지만, 목소리는 아까 벽에서 났던 것과 같았다. 자무는 깜짝 놀라 지느러미를 퍼덕이다가 슈트 천장에 머리를 부딪혔다. 미르치의 바퀴 어항이 앞으로 튀어 나갔다가 급히 멈췄다. 미르치가 말했다.

"앗! 놀라서 그만…… 잠깐만요. 투흐란한테서 통신이 왔어요."

자무도 통신기를 확인했다. 자동 수리가 진행 중이다. 아직도 페토와는 연결이 되지 않는다. 페토는 감염되지 않았을까 걱정하고 있는데, 화면에 새로운 통신 연결 알림이 떴다. 미르치가 통신을 이쪽으로도 중계한 것이다. 화면에 투흐란의 모습이 나타났다. 얼굴의 섬모들이 마치 폭풍 속 미역처럼 흔들렸다.

"방금 들었냐고! 지금 어디야? 방금 들었어? 우리한테 인류의 후예래! 우리가 선택받은 거야! 인류의 유산에게!"

당치도 않다. 인류의 후예가 있다면 그것은 외계인이 아니라 지구 출신 문명종들이다. 프록시마켄타우리 b에는 인류가 지은 건축물들이 지상에도 해저에도 잔뜩 있다. 인류의 테크놀로지를 가장 많이 활용하는 것도 옛 인류에게 지성을 받은 종들이다. 인류시대의 기록을 가장 많이 가지고 있는 것도……

희열에 찬 투르한의 통신에 미르치가 노인 말투로 대답했다.

"투르한 선장, 방금 방송은 대피소 전역에 나온 것 같아. 우리 말고 데네브인들도 여객선 승객들도 다 들었을 텐데, 모두 똑같은 생각을 하고 있지 않겠나? 선택받은 게 우리뿐이라고 단정할 수는—"

투르한이 열띤 목소리로 미르치의 말을 끊었다.

"맞아! 살아남은 자가 선택받겠지. 이 유적의 진정한 주인을 정하는 마지막 시험이…… 마지막 싸움이 목전에 있는 거야!"

자무는 혼란스러워서 아무런 생각도 나지 않았다. 투르한의 말이 이어졌다.

"그 잘난 척, 착한 척하는 범고래는 아직 같이 있지? 그놈의 덩치에 슈트까지 있으면 우리가 유리해. 어때, 설득할 수 있을 것 같아?"

자무는 전신에 소름이 돋았다. 미사일을 짊어진 범고래들이 외계 행성의 불타는 바다를 헤엄치는 역사 영화의 장면들이 눈에 선했다. 프록시마켄타우리에서도, 시리우스에서도, 카노푸스에서도, 인류에게 이용당했던 문명종들은 모두 같은 기억을 가지고 있다. 독립 기념일이 오면, 다시는 그런 일이 되풀이되지 않게 하겠다고 모두가 다짐한다. 그것은 지구에서 오지 않은 종들도 마찬가지였다. 저 알데바란인은 대체 자기가 뭐라고 생각하는 걸까?

스스로 그 질문을 하고서야 자무는 알았다. 인류의 후예가 누구인지를.

"미르치 씨. 이상한 게 한 가지 있어요."

외부 카메라를 돌려 미르치와 시선을 마주쳤다. 처음 만나는 케페우스인이지만, 지금 벌어지는 일이 무서워 어쩔 줄 모르는 기색은 알 수 있다. 그건 자무도 마찬가지였다.

"뭐…… 뭔데요? 이상한 게?"

"아까 투르한 선장이 말했잖아요. 2백 년 전만 해도 웜홀의 입자방출 같은 건 없었다고."

"맞아요. 제가 알기로도 그래요."

"그러면 이 대피소는 대체 뭐로부터 대피하기 위해 지어진 걸까요?"

미르치의 눈이 동그래졌다. 자무는 계속 얘기했다.

"투르한 선장은 이 시설에 적혀 있는 단어가 '대피소'라고 했어요. 아예 틀리지는 않았겠지만, 아마 비슷한 다른 말을 옮기면서 실수했을 거예요. 나는 인류가 멸망을 피하기 위해 이곳을 만들었다고 생각해요. 대피소라기보다는……"

자무가 적당한 단어를 찾지 못해 망설이는데, 미르치가 중얼거렸다.

"방주."

처음 듣는 단어다. 미르치가 설명했다.

"인류 전설에 나오는 커다란 배예요. 신의 분노를 면하기 위해 만들었다는…… 하지만 여기에 인류가 있다고요? 한 명도 보이지 않는데…… 누가 생활하던 흔적도 없어요."

"아마 없을 거예요. 방송에서는 인류를 환영한다고 하지 않았잖아요? 인류의 후예를 환영한다고 했지."

자무는 호흡액을 길게 들이마신 다음 말을 계속했다.

"이곳을 지은 사람들은 인류가 종으로서 생존할 가능성이 없다고 생각했을지도 몰라요. 서로 죽이는 걸 그만큼 잘하는 종이 일찍이 우주에 없었으니까, 멸종도 그만큼 철저했잖아요. 그래서 생물학적 인류를 보존하는 게 아니라……"

미르치의 눈이 한층 더 커졌다.

"인류처럼 행동하는 사람들을 만든다고요? 아무리 옛 기술이 대단하다지만, 그런 게 가능해요? 게다가 그 긴 세월 동안 여기 사람이 안 왔던 게 아닐 텐데 왜 지금에 와서야……?"

"……몰라요. 아직은 가설이에요. 확인하고, 되돌릴 방법을 알아내야 해요. 안 그러면……"

안 그러면 어떻게 되는 걸까? 이 바이러스인지 독인지 모를 것이 온 우주에 퍼지는 걸까? 그 옛날, 인류가 빠른 속도로 멸망했던 것처럼, 우주의 만물이 삽시간에 인류처럼 되어버리는 것일까?

자무가 슈트의 밀폐 상태를 확인하는데 다시 연방어 방송이 들렸다.

중앙통제실이 준비되었습니다. 은하계의 주인 되실
신인류 여러분, 다시금 진심으로 환영합니다.
인류의 영광된 유산을 되찾으러 부디 왕림해주시길 바랍니다.

그리고 있는 줄도 몰랐던 조명이 켜지며, 흐르는 물 같은 은색 띠가 벽과 바닥에 생겨났다. 육중한 문이 열리는 듯한 소리가 멀리서 들려왔다.

"자무 씨, 이 띠를 따라가라는 것 같아요. 아마 대피소…… 방주에 있는 모두가 중앙통제실로 몰려가겠죠. 그러면 도망칠 틈이 날 거예요!"

미르치의 말은 사리에 맞았다. 하지만 자무는 차마 동의하지 못했다.

"도망칠 수는 없어요."

"네?"

"우리 프록시마켄타우리에서는 매년 독립 기념일에 다짐해요. 다시는 인류시대 같은 일이 일어나지 않게 하겠다고. 제가 만난 우주의 모든 문명종이 자기 행성에서도 같은 다짐을 한다고 했어요. 케페우스에서도 그러지 않아요?"

미르치가 알았다는 듯 지느러미를 천천히 흔들었다.

"우리가 막아야 한다는 거군요. 병들지 않은 우리가."

아주 잠깐의 침묵 후에 미르치가 결연한 목소리로 말했다.

"좋아요. 하지만 어떻게요?"

모퉁이 너머에서 왁자지껄한 말소리, 요란한 발소리가 들려왔다. 아무래도 화물선단 사람들이 움직이기 시작한 모양이다.

"미르치 씨, 내 등에 올라와요. 홈이 있으니 거기 촉수를 걸고 꽉 붙잡아요. 중앙통제실까지 있는 힘껏 달릴게요."

미르치가 대답도 하지 않고 기계 촉수를 죽 뻗어 슈트에 올라탔다.

"가는 길에 총 한두 발은 슈트에 맞을지도 몰라요. 몸 최대한 낮춰요."

그렇게 말하고, 자무는 모든 동력을 슈트의 다리로 돌렸다. 5톤의 알루미늄과 티타늄 합금이 골목을 뛰쳐나가자마자 외마디 소리가 들렸다.

"버, 범고래다!"

자무는 외부 스피커의 음량을 최대로 높였다.

"다들 비켜요!"

슈트가 순식간에 시속 50킬로미터로 가속했다. 여섯 개의 다리가 엄청난 속도로 연주되는 타악기처럼 바닥을 쳤다. 등에 매달린 미르치가 비명을 질렀다. 저 뒤쪽으로 멀어져가는 선원들이 총을 쏴댔다.

"한 발도 못 맞히네."

자무가 그렇게 중얼거리자 미르치가 외쳤다.

"사격을 배운 사람이 없을 테니까요!"

인류의 후예로 점지되었어도 배우지 않은 것은 어찌할 수가 없는 거구나. 실소가 나왔다.

화물선단 선원들은 이제 보이지도 않았다. 자무는 텅 빈 복도의 은빛 선을 따라 달렸다. 바다를 고속으로 헤엄칠 때가 떠올라 상쾌하기까지 했다. 이 몸은 헤엄치기 위한 것이고, 슈트는 물이 아닌 곳에서도 그것을 가능하게 해준다.

"앞에 사람들이 더 있어요!"

미르치가 외쳤다. 앞길을 가로막은 데네브인들이 자무에게도 보였다. 오색으로 빛나는 반투명한 그물 날개 위로 모두가 외교관의 얇은 정복을 걸치고 있지만, 시커먼 금속으로 만든 총을 손에 들었다. 데네브인들이 일제히 총구를 겨눠오는 그 순간, 자무는 높이 뛰어올라 몸을 한 바퀴 비틀었다. 총성이 들렸지만 두렵지 않았다. 시간이 느리게 지나가는 듯했다. 슈트가 공중에서 뒤집혀 카메라가 아래쪽을 향했을 때, 자무는 자기를 올려다보는 데네브인들과 눈이 마주쳤다. 겹눈 박힌 키틴질의 얼굴이지만 거기 떠오른 것은 감탄과 경이의 표정이 분명했다. 자무는 물보라와 탄성을 동시에 상상했다.

자무는 바닷물에 떨어질 때와는 다른 묵직한 충돌음을 내며 착지했다. 슈트의 걸음을 한 박자도 멈추지 않고 앞으로 달렸다. 총소리는 전혀 들리지 않는다. 자무는 돌아보지 않았다.

"미르치 씨, 괜찮아요?"

"잘 붙잡고 있으니까 걱정 말아요!"

은빛 선들이 모이는 곳에 다다랐다. 은색으로 빛나는 쌍여닫이 문이 안쪽으로 열리고 있었다. 자무는 주저 없이 그 안으로 뛰어 들어가, 몸으로 문을 밀어 도로 닫았다.

범고래가 수백 명은 들어갈 만큼 넓은 공간이다. 미르치가 등에서 폴짝 뛰어내리고는 앞으로 나아갔다.

"아무것도 없네요."

미르치의 그 말이 떨어지자마자 아까 복도를 울렸던 목소리가 방 안에 다시 울렸다.

"환영합니다. 신인류 여러분."

하늘거리는 옷을 입은 커다란 인류의 입체 영상이 방 한가운데 투영되었다. 영화에 나오던, 자무의 절반 크기인 이족 보행 생물보다 훨씬 컸다. 이것이 진짜 인류의 모습이었을까? 자무는 영상을 향해 침착하게 대답했다.

"나는 신인류 같은 게 아니야. 범고래야."

인류의 영상이 아랑곳 않고 두 팔을 치켜올리며 말했다.

"인류가 멸망한 이래, 은하계는 새로운 주인을 찾고 있습니다. 삶의 방식 보존 계획에 선택된 여러분은 이제부터 인류의 위대한 발자취를 따라 은하계 개척이라는 명백한 운명의 길을 이어나갈 것입니다."

명백한 운명이라니. 자무는 악을 썼다.

"그런 거 안 해! 전부 원래대로 되돌려줘!"

영상이 거창한 손짓을 하면서 말했다.

"인류의 손을 떠난 은하계는 지난 7백 년 동안 암흑에 휩싸여 있었습니다. 인류의 지혜는 서서히……"

목소리가 갑자기 멈췄다. 영상도 손짓을 하는 도중에 정지했다. 자무는 무슨 일인지 몰라 사방을 둘러보았다. 미르치가 벽에 기계 촉수를 꽂은 채로 짜증 난다는 듯 말했다.

"하도 말 같지 않은 소리만 해서 꺼버렸어요."

"끄면 어떡해요, 미르치 씨! 인류병 치료법을 아직 못 들었는데!"

문 뒤편이 점점 시끄러워져갔다. 피난객들이 여기 도착하는 것은 시간문제다. 자무는 밖을 내다보기가 두려웠다. 미르치가 정지한 입체 영상을 촉수로 가리키며 말했다.

"저런 게 치료법을 가르쳐줬을 것 같지 않아요. 내가 여기 데이터베이스를 직접 뒤져볼게요."

"그런 것도 할 줄 알아요?"

"그럼요. 저 기분 나쁜 인류 영상도 껐잖아요?"

바퀴 어항 속에는 어느새 얇은 화면이 펼쳐져 있었고, 미르치는 거기에 집중하기 시작했다. 자무가 초조하게 기다리고 있는데, 문이 천둥 같은 소리를 내며 크게 흔들렸다. 자무는 슈트의 중량과 다리 힘으로 문을 마주 밀었다. 대체 무엇을 가져다가 부딪치고 있는지, 폭발적인 진동이 슈트를 타고 뼛속까지 흔들었다. 익숙한 목소리가 뒤에서 들려왔다.

"야, 이 물고기야! 이 문 당장 못 열어!"

투르한의 목소리였다. 설마 도중에 만난 데네브인들을 총으로 전부 쏘고 여기에 온 걸까? 자무는 그 참상을 상상조차 하지 못하고 있는데, 뒤에서 다른 목소리가 들렸다.

"자무 선장, 미르치 선장. 아까 방송을 들었지요? 여기 있는 모두가 인류의 선택을 받은 정당한 후계자입니다. 그 귀한 유산을 독차지하려 들면 안 됩니다. 함께 누릴 수 있도록 문을 열어주세요."

차분하고 편안한 목소리다. 데네브인 외교관이 분명했다. 레굴루스인 고고학자가 쏜 사람도 목소리와 말투가 비슷했다. 자무는 문 틈새에 대고 소리쳤다.

"안 돼요! 여러분은 지금 감염돼서 정신이 이상해져 있어요. 조금만 기다려요. 다 고쳐줄 테니까!"

문이 다시 크게, 마치 종처럼 울렸다. 슈트에 가해지는 충격에 자무는 온몸을 얻어맞는 것만 같았다.

투르한의 목소리가 다시 들렸다.

"교수님, 발굴용 드릴 차는 아직이오?"

"덩치가 커서 하역하는 데 시간이 걸립니다."

데네브인을 쏜 고고학자의 목소리였다. 대피소의 세 파벌이 모두 문 앞에 모여 있는 것이다. 서로 죽일 것처럼 굴던 사람들이 인류의 유산을 차지하겠다는 열망으로 힘을 합쳤다.

"정작 여기 들어오면 도로 싸우겠지."

자무는 그렇게 중얼거렸다. 미르치가 이쪽을 돌아보고 외쳤다.

"찾았어요, 찾았어……!"

문이 다시 흔들렸다. 자무는 아까보다 더한 충격에 몸을 움츠리며 물었다.

"으…… 치료법을 찾은 거예요?"

"치료법은 아니에요. 하지만 왜 이 방으로 불렀는지 알아냈어요. 생각했던 대로 바이러스가 맞았어요. 그런데 이게 조금만 있으면 감기처럼 저절로 나아요! 그래서 이 방에서 후속 처리를 하게 되어 있어요."

"후속 처리요?"

"면역력 약화, 심리 개조…… 완전히 이해는 못 하겠어요. 아무튼 인류병을 불치병으로 만드는 과정이에요. 이대로 우주에 퍼뜨리려고 한 거겠죠……"

자무는 오한을 느꼈다. 어쩌면 인류가 저지른 모든 악행 중에 이게 최악인지도 모른다.

"여기는 웜홀이잖아요. 이 근방에서는 종종 지나는 길목이라고요. 이 대피소에 온 게 우리가 처음은 아닐 테고요."

자무는 은빛산호초호를 격납고에 들였을 때 본 낙서들을 떠올렸다. 먼저 온 사람이 얼마든지 있었다는 뜻이다. 미르치가 자무의 질문을 대신 했다.

"그런데 왜 지금에야 이런 일이 벌어졌느냐는 말이죠? 그건 모르겠어요. 어쩌면 데이터베이스에 뭔가 더 있을지도 모르죠."

"부탁해요. 바이러스가 낫는 데는 얼마나 걸려요?"

"종마다 다르겠지만 며칠 정도?"

자무는 소리를 쳤다.

"며칠 동안 이 문을 막고 있을 수는 없어요!"

묵직한 충격이 다시 느껴졌다. 자무는 신음을 흘렸다. 버티기 힘들다. 드릴까지 온다면 문은 여지없이 뚫리고 말 것이다. 미르치가 자신감 없는 어조로 대답했다.

"뭔가, 뭔가 방법이 있을 거예요……"

그리고 들리는 줄도 몰랐던 방 안의 백색소음이 잦아들었다. 바깥의 웅성거림이 더 뚜렷하게 들려왔다. 뭔가가 금속 바닥을 굴러오는 소리가 났다. 미르치가 말했다.

"일단은 AI의 잔류 프로세스를 꺼서 절차를 취소했―"

그 뒤의 말이 들리지 않았다. 지금까지와는 차원이 다른 진동이 문을 타고 자무의 몸을 뒤흔들었다. 입에서 저절로 비명이 나왔다. 드릴이 도착했구나. 이제 며칠은커녕 몇 분을 버티기도 힘들 것이다.

대피소가 작동을 멈춘 것을 알면, 감염된 사람들은 머리끝까지 화가 날 것이다. 자기들이 물려받을 유산을 망쳐버렸다고, 자무와 미르치를 총으로 쏠지도 모른다. 성난 군중의 드릴이 문을 파고드는 이상, 두 사람이 여기에 갇혀 있는 이상, 그것은 피할 수 없는 운명이다. 인류의 망령이 벌이는 최후의 만행을 저지하려고 나섰으니 대가를 감수해야 하는 거겠지.

자무는 드릴의 시끄러운 진동에 맞서듯 소리를 질렀다.

"미르치 씨! 이 대피소, 절대 복구 못 할 정도로 철저하게 망가뜨—"

그때 드릴의 진동보다 더 큰 소리가 방과 복도에 울렸다.

인류의 후예 여러분, 중앙통제실의 개폐 장치에 이상이 생긴 점 사과드립니다. 보조통제실이 준비되었으니 안내선을 따라 이동해주시기 바랍니다.

자무는 미르치에게 소리쳤다.

"취소했다면서요!"

미르치가 당황하며 대답했다.

"취소한 거 맞아요! 관리 기능은 전혀 작동하고 있지 않아요! 그런데 이상해요. 나 말고 다른 누군가가 시스템에 들어와 있어요! 다른 AI가 있었던 걸까요?"

새로운 방송 한마디에 문밖이 떠들썩해졌다. 무슨 말을 하는지는 알아듣기 어려웠지만, 곧 앞다투어 멀어지는 발소리가 들렸다. 밖은 삽시간에 조용해졌다.

"다 소용이 없었던 건가요……?"

자무가 묻자, 미르치가 허탈하게 대답했다.

"……그럴 리가 없어요. 아무것도 작동하고 있지 않은데…… 하지만 옛 인류가 자기들의 존속을 위해 만든 시설이 그렇게 호락호락할 리 없겠지요……"

그때, 멈춰 있던 인류의 입체 영상이 흔들리더니, 횃대에 앉은 코카투의 모습으로 변했다.

"자무! 자무! 들려? 보여?"

방에 친숙한 목소리가 울렸다.

"페토!"

자무는 반가워 소리를 질렀다. 미르치가 물었다.

"아는 사람이에요?"

"같이 배를 모는 페토예요!"

페토가 계속 말했다.

"너랑 통신이 안 돼서 대피소 시스템에 접속했거든. 이 시설의 카메라랑 마이크에 침투해서 상황을 보고 있었어. 방송 시스템을 써서 너한테 연락하려고 했는데, AI에 막혀서 못 하고 있었어. 그런데 갑자기 AI가 없어지더라고!"

방금 들렸던 방송은 AI가 아니라 페토의 목소리였던 것이다.

"AI는 미르치 씨가 끈 거야!"

페토의 거대한 영상이 미르치에게 눈을 돌리더니 날개를 양옆으로 넓게 펼치고 고개를 숙였다.

"미르치 씨, 고마워요. 안내선을 아주 멀리까지 돌려놨으니까, 그 사람들도 당분간은 귀찮게 하지 않을 거예요."

"페토 씨는 감염되지 않았나요?"

미르치가 훨씬 밝은 목소리로 말했다.

"저는 격납고에 있어요. 에어로크로 분리되어서 안전해요. 미르치 씨도 이제 자무랑 같이 이리로 와요."

"웜홀이 곧 입자방출을 할 거잖아? 그때까지는 대피소 안에 있어야 되는 거 아니야?"

자무의 질문에 페토가 부리를 크게 벌리고 망설이듯 혀를 꿈틀거렸다.

"그게…… 아닌 것 같아. 새어 나오던 방사능이 확 줄었어. 측정값을 보면 뭔가 일어나려는 것 같긴 한데, 입자방출은 아니야."

"뭔가 일어나다니?"

"아마 웜홀 반대쪽에서 누가 오는 거겠지."

미르치가 설명했다.

"여기 반대쪽이면 제 고향 케페우스인데요. 거기는 웜홀 네 개랑 이어져 있는 교통의 요지니까 배가 온다고 해도 이상하지는 않아요. 하지만……"

미르치가 뜸을 들였다. 자무도 페토도 미르치에게 시선을 모았다.

"아까, 이 대피소가, 이 방주가 왜 이제 와서 바이러스를 풀었는지 모르겠다고 했잖아요? 그사이 데이터베이스에서 단서를 찾았어요. 확실한 건 아니지만……"

"뭔데요?"

"원래 이 시설은 인류 멸망 후 천 년, 그러니까 앞으로 3백 년 후에 발동하게 되어 있었어요. 그런데 특정한 조건이 감지되면 일찍 깨어나게 설정되어 있던 것 같아요."

"그게 무슨 조건인데요? 빨리 말해요!"

페토가 재촉했다.

"이거 말고도 인류를 되살리려는 계획이 이것저것 있었던 모양이에요. 그런 게 감지되면, 은하계를 다른 인류에게 빼앗기지 않도록 이 시설이 조기에 발동하게 되어 있어요."

자무는 '인류의 유산'을 차지하기 위해 다툰 피난객들을 새삼 떠올렸다. 다른 인류와의 경쟁에 대비한다니, 인류가 할 법한 조치다.

"그렇구나…… 그래서 이 대피소가 여기에……"

이번에는 미르치와 페토가 자무를 쳐다보았다. 자무는 차분하게 설명했다.

"우리는 처음에 여기가 웜홀의 입자방출을 피하기 위한 대피소라고 생각했잖아요. 그렇다면 웜홀 옆에 지어지는 게 당연했겠죠. 하지만 알고 보니 인류의 삶의 방식을 보존하고 되살리기 위한 방주였잖아요? 그런데 왜 사람들 다니는 길목에 지었을까요?"

방 가운데에 떠오른 페토의 영상이 자무의 옆으로 시선을 살짝 돌렸다. 뭔가 다른 것에 주의를 빼앗긴 것처럼. 페토가 눈을 동그랗게 뜨고 말했다.

"자무, 웜홀이 이상해. 가만있어 봐. 그쪽으로 영상 돌릴게."

페토의 모습이 사라지고, 우주 공간에 뜬 빛의 고리 같은 웜홀의 평면 영상이 방 한가운데 나타났다. 마치 비누 거품처럼 무지갯빛으로 부풀어 있었다. 그 자체는 웜홀의 이공간을 통과하는 우주선이 현실 공간으로 나오기 직전의 현상이라 이상할 것이 없다.

그러나 자무는 어딘가 석연치 않았다.

"그런데…… 왔을 때 본 거랑 어딘가 이상하게 생김새가 다른데?"

"안 보는 사이 지름이 몇 배가 됐어. 왜 그런지 모르겠어."

미르치가 말했다.

"웜홀 출입구가 커진다는 말은 안에 든 질량이 많다는 뜻이에요."

페토가 중얼거렸다.

"하지만 대체 얼마나 많이 오고 있길래……"

자무는 미르치의 모습을 살폈다. 지느러미를 떨고 있었다. 자무는 케페우스인도 아니고 물고기도 아니지만, 저 움직임은 몸으로 일고 있다. 알지는 못하지만 짐작이 가는 위험을 마주한, 바다 생물의 본능적 경련이다.

웜홀의 표면 버블이 소리 없이 터졌다. 무지갯빛이 사방으로 흩어졌다. 그리고 수많은 은색 배들이 천천히 웜홀을 빠져나왔다.

"……저것들 본 적 있어."

자무가 중얼거렸다.

"나도."

"저도요."

페토와 미르치도 동시에 말했다.

웜홀을 뚫고 나온 배들은 인류시대를 무대로 한 영화에서 빠지지 않는 인류의 군함들이었다. 수를 셀 수가 없다. 수백? 수천? 미르치가 중얼거렸다.

"케페우스에서 온 건 절대 아니야. 그럼 대체 어디 있었던 거지……?"

어디에서 왔는지는 중요하지 않다. 지금의 은하계에는 군대가 없다. 심지어 변변한 무기도 없다. 수백 문명종이 다시 인류의 군화에 짓밟힐지도 모른다. 자무는 아무 생각도 나지 않았다. 하지만 한 가지는 알고 있다.

"다시는 그런 일이 없게 해야 해."

자무가 중얼거리자 미르치가 물었다.

"그렇지만 어떻게요?"

미르치의 목소리가 떨리고 있었다.

"몰라요. 하지만 우리는 인류의 계획을 하나 막아냈잖아요. 이번에도 분명 할 수 있는 일이 있을 거예요."

일단은 우주선으로, 은색산호초로 돌아가야 한다.

"타요!"

미르치가 등에 다시 폴짝 올라탔다. 자무는 문을 열어젖히고, 격납고를 향해 복도를 달리기 시작했다.

크리티크 critique

―――――

일어나지 않은
미래라는 공백의 순간

심완선(SF 평론가)

1. 불확정성의 대피소

SF 소설의 내용이 모두 실현되었다면 세상은 이미 1억 번 멸망했다. 프레드릭 브라운의 단편소설 「노크」에 언급되는 '세상에서 제일 짧은 소설'은 단 두 문장 안에서도 세상을 멸망시킨다. "지구 최후의 남자가 방 안에 홀로 앉아 있었다. 누군가 문을 두드리는 소리가 들렸다……"[1]

과거에는 주로 빙하기와 같은 대자연의 변화나, 어리석은 인류가 상호확증파괴에 도달하고 마는 상황이 종말의 원인이었다. 반면 근래의 멸망은 수많은 기후 소설이 예견하듯 우리의 잘못과 지구의 생태계가 상호작용한 결과물로 나타나곤 한다. 이는 특정한 소수의 잘못이 아니라 인류 전반에 책임을 돌릴 수 있는 거대한 업보다. 오늘날 같은 생활이 얼마 남지 않았다는 소식이 빈번하게 들리고, 멸망 후를 논하는 자조적인 농담 역시 익숙해졌다. '운명의 날'을 가리키는 시계는 오래전부터 초읽기에 늘어갔다. 지구온난화로 해수면이 상승해 '물에 잠긴 세계'가 도래하는 소설은 1960년대보다 지금 훨씬 현실적으로 읽힌다. 혹자는 'SF라기엔 너무 현실'이라는 표현을 떠올릴지도 모른다.

SF의 무대는 현실성을 지닌 비현실이다. 그렇기에 독자는 SF의 생경한 풍경에서 새로움을 보는 한편 자신이 아는

---

[1] 프레드릭 브라운, 「노크」, 『아마겟돈』, 조호근 옮김, 서커스, 2016, p. 193.

세상을 연상한다. 인류의 멸망은 낯설지만 외면하기 어려운 형상이다. 나의 경험은 아니더라도 아예 영문 모를 내용도 아니며, 겪어보진 못했더라도 상상할 수는 있다. 멸망 이후를 묘사하는 포스트 아포칼립스 소설은 대개 이렇게 질문한다. "인류가 멸망하면, 우리가 아는 세상과 삶은 어떻게 되는 거지?"[2]

여기에는 상반되는 전제가 포함된다. 하나는 인류가 확실히 멸망하리라는 파괴적인 예측이다. 전쟁이나 질병처럼 명확한 계기가 아니더라도 인류는 반드시 끝을 맞이한다. 또 다른 전제는 우리가 아는 세상이 무너지더라도 모든 것이 사라지지는 않는다는 것이다. 포스트 아포칼립스는 단어 뜻대로 아포칼립스 이후로 도약한다. 성경의 묵시록을 의미하는 아포칼립스는 일반 창작물에서는 종말 자체를 일컫는 말로 자리 잡았다. 묵시록의 심판 다음에는 천국과 지옥 밖에 없을지 몰라도 종말 이후라면 어떤 사건이, 삶이, 이야기가 이어질지도 모른다. 우리가 흔히 죽음 뒤에 사후 세계가 있을지 모른다고 상상하듯 포스트 아포칼립스는 '최후의 날' '그 후'를 구현한다. 인류, 혹은 현재 인류의 사회가 사라질 뿐이라면 다음에는 다른 존재가 이야기를 이어갈 수 있다. 우리의 멸망을 세계의 끝으로 여기는 관점은 인간중심주의에 불과하다. '우리가 아는 세상', 곧 인간의 세상은 유

---

[2] 존 조지프 애덤스, 「들어가는 글」, 『종말 문학 걸작선 1』, 조지훈 옮김, 황금가지, 2011, p. 11.

지되지 않을 것이며 멸망 이후의 세계가 현실이 될 것이다. 이는 현재와 연속성이 없는 "지금의 현실을 부정하고, 파괴시킬지도 모르는, 그런 완전히 급변한 미래"[3]다. 멸망의 미래는 우리에게 자기부정을 요구한다. 현실을 살고 있는 인간 독자는 이중적인 시대감각에 익숙해져야 한다.

멸망 주의보를 넘어 경보를 듣고 있는 시점에 굳이 우리가 멸망하는 이야기를 만들고 보고 상상하는 일은 일종의 대피가 될 수 있다. '대피소'가 키워드인 『SF 보다 Vol. 5』는 포스트 아포칼립스 앤솔러지가 되었다. 대피소가 본질적으로 위험에 기반한 공간이기 때문일 것이다. 위험이 없다면 대피소에 들어갈 이유가 없다. 비유로든 실질로든 소설 속 대피소 밖에는 멸망, 안에는 생존이 자리한다. 현실에서의 멸망은 느리고 거대하고 공포스럽다. 반면 멸망을 다루는 소설은 상상하고 분석할 수 있으며, 확정되지 않은 풍경을 탐색할 기회를 제공한다. 소설의 대피소는 아직 완전히 현실은 아닌 멸망을 벽 하나 너머로 끌어온다. 그것은 지금 여기가 아니라 아직 관측되지 않은 불확정성 속에 존재한다. 우리는 대피소의 벽 너머로 그것을 감지할 수 있다.

SF가 때때로 도피적이라거나 진지하지 않다는 혐의를 산다는 점을 고려하면 포스트 아포칼립스 작품의 상당수 역시 현실도피로 비난받을 여지가 있다. 만일 오늘 밤에 집이

---

3 아베 고보, 『제4 간빙기』, 이홍이 옮김, 알마, 2022, p. 290.

폭격당할지도 모르는 상황이라면 전쟁소설이 눈에 들어오진 않을 것이다. SF 속의 멸망을 두루 읽는 것은 현관 앞 생존 배낭을 싸는 일보다는 비상식량을 종류별로 먹어보는 일에 가깝다. 꼭 해야 할 필요는 없고 실용성도 떨어진다. 유쾌한 맛도 아니다. 하지만 비상시를 연상케 하는 물건은 독특한 감상을 자극한다. 생존을 씹는 경험이다.

2. 인간성의 파괴, 인간의 파괴

섬광, 어둠, 엄청난 소란 이후의 적막. 비록 요한계시록의 내용과는 다르더라도 포스트 아포칼립스 소설에는 종종 비현실적으로 느껴지는 대규모 붕괴가 등장한다. 어떤 방식으로든 끔찍한 사건이다. 그 후를 살아가는 일은 더욱 끔찍할 수 있다. 지난 세기의 SF에서 멸망의 대표적인 원인은 핵전쟁이었고, 폭발에 죽지 않은 사람들은 핵겨울의 추위와 고농도의 방사능을 맞이했다. 이토록 선명한 계기가 아니더라도 인류의 기술 문명은 종종 천벌을 대신하는 철퇴로 등장했다.

존 윈덤의 SF 소설 『트리피드의 날』에서는 어느 날 밤하늘에 나타난 녹색 유성우를 목격한 사람들의 눈이 모두 멀어버린다. 그 혼란을 틈타 인류가 재배하던 육식식물 '트리피드'가 밖으로 풀려난다. 트리피드는 다소의 지능과 의사소통 능력을 보유하고 세 개의 다리로 걸어 다니며 독침을 쏘아 사냥감을 마비시킨다. 인류 대부분은 시각을 잃은 채 트리피드 떼에 사냥당한다. 생존자 사이의 착취와 무질서도 만연해진다. 결말에서 가족 및 생존자들과 소규모 공동체를 결성한 주인공은 앞으로 시간이 걸리더라도 인류의 기술 문명을 되찾아 트리피드를 박멸하리라 다짐한다. 그는 녹색 유성우의 정체를 인간이 인공위성에 숨겨둔 비밀 무기였다고 짐작하면서도 무기를 갖길 원한다. 그의 영웅적인 면모는 문명의 이름으로 식민지를 점령하고 정의의 이름으로 전쟁을 시작하는 인류의 역사와 중첩된다. 사회질서가 무너지면 인간의 지위와 도덕성은 순식간에 퇴화하여 그간 애써 가려놓았던 인간의 폭력적이고 이기적인 본성이 드러나리라는 암시다.

    퇴화라는 평가는 현대를 정점에 놓고 과거를 뒤처진 상태로 파악하는 선형적인 발전상에 기반한다. 기존의 사회체제를 기억하는 관점에서 멸망 이후의 무질서는 인류가 호모 사피엔스로서 이룩했던 성취를 상실하는 것이다. 질서 있게 규율되는 사회, 이를 가능케 하는 기술 문명은 인간다움을 보장했다. 예술은 아름답고 생활은 풍요로웠다. 『트리피드의 날』에서는 인류가 트리피드를 대대적으로 재배하며 식량과 에너지 자원을 확보했다고 설명한다. 인간종은 어느 종에게도 사냥당하지 않았다. 그러나 이때 인류가 자행한 대규모 착취는 결국 잔존 인류의 상황을 크게 악화시켰다. 무기 개발은 말할 것도 없다. 잃어버린 과거(멸망 이전의 세계)는 과연 재건할 가치가 있을까? 인류는 이미 막다른 결말에 도달했다. 다른 길을 찾는다면 어디로 가야 할까? 가장 인기 있는 대안은 자연으로의 회귀다. 인간과 자연을 이분하고 자연을 배제하던 인간이 멸망을 맞이했다면, 반대편인 자연 친화적 방향이 바로 '가지 않은 길'이다. 문명사회보다 미발달했다고 여겨졌던 원시 부족사회는 자연 친화적 대안으로 대두되고, 시간을 뛰어넘어 미래로 호출된다.

김달리의 「수옥폭포 순례길」은 이런 맥락의 연장선에 있다. 작중에서 대피소 바깥은 고농도 황화수소로 극심하게 오염된 상태로 값비싼 특수 방독면이 없으면 호흡조차 하기 어렵다. 상황이 열악하기에 남은 대피소는 높은 번호부터 철거 대상에 오른다. 대피소에 거주하는 인간은 함께 제거된다. 주인공 권수옥은 생존을 위해 대피소 관리 및 철거 일에 종사한다. 뒤바뀐 세상에서는 생존에 의무가 따른다. 수옥도 다른 사람을 해쳐야, 적어도 죽음을 외면해야 살아남는다. 오염에 노출된 수옥은 인간의 신체를 포기하고 기계로 몸을 교체하는 중이다. 심장까지 바꾼다면 '수옥폭포'에서 따온 이름을 잃고 일련번호를 얻을 것이다.

작중에서 수옥폭포는 오염되기 전의 환경을 상징한다. 수옥의 동네에는 수옥폭포의 이름을 받은 아이들이 많았다. 수옥이라는 인간의 이름은 자연물인 폭포에 더해, 다른 수옥들과 물놀이를 하던 평화로운 어린 시절의 기억과 하나로 묶여 있다. 그때는 지금처럼 생존을 위해 남의 죽음을 감수하는 일 없이 다 함께 놀 수 있었다. 풍부하고 깨끗한 물이 흐르던 수옥폭포는 현재의 수옥이 박탈당한 세계다.

수옥이 돌보는 90번대 대피소의 아이들은 그때의 신화를 작중의 미래 사회에 재현한다. 타인을 해치는 어른들의 세속적인 모습과 달리 아이들이 만든 십자가 등의 공작물은 "고서에서 봤던 석기시대 동굴 속 선조들의 그림과 기호처럼 신비"(p. 19)롭다. 아이들은 태생적으로 미래에 속하는데도 오히려 문명사회 이전의 신비로운 상상 속 과거를 통해서 자신들이 나아가야 할 방향을 모색한다. 멸망한 현재는 "전체가 다 감옥"(p. 32)이지만 "애들은 갈 곳이 없"지 않다. 아이들은 수옥폭포를 보러 간다는 말을 마지막으로 현재에서 사라진다. 수옥이 "사랑하는 것들"(p. 43) "아이들"과 공존할 길은 "대재앙이 시작된 날 지구상에서 사라진 수옥폭포를 돌려놓고야 말겠다는 불가능한 의지"(p. 44) 너머에 있다.

수옥이 개인으로 존재하는 동시에 수옥폭포라는 상실된 자연과 나란히 묶였듯, 포스트 아포칼립스에서 개인의 생존은 대안적인 삶의 방식과 직결된다. 망한 세상은 개개인에게 이전과는 다르게 행동할 것을 요구한다. 「수옥폭포 순례길」에서 철거를 담당하는 남자는 소설의 동정적인 서술에 따르면 "하청인의 하청인일 뿐"인 피해자다. 그를 악마라고 비난하는 수옥에게 그는 "이렇게 힘없는 악마가 다 있나"(p. 41)

자문한다. 그럼에도 그는 적극적으로 살아남고 있기에 악마의 위치에 선 상태다. 멸망 후의 비인간적이고 비일상적인 상황은 인물을 악마로 내몰고, 나아가 더 나은 방식을 찾도록 압박한다. 이는 주류 질서에서 소외되었던 사람이 주도적이고 자율적인 역할을 자임하는 계기로도 작용한다.

최진영의 장편소설 『해가 지는 곳으로』에 등장하는 화자들은 세상이 망하기 전에는 모두 가난하거나 가정 폭력에 시달리는 등 앞날을 장담하지 못하는 처지에 있었다. 갑자기 바이러스가 폭발적으로 퍼지며 기존의 역학 관계가 무너진 덕분에 이들은 자기 자리를 찾아 이동할 기회를 얻는다. 한국 땅을 떠도는 폭력의 정도는 노골적으로 심각해지지만 개개인이 움직이는 범위도 훨씬 넓어진다. 화자들은 한국을 떠나 '해가 지는 곳'으로 이동하면서 차차 생존자로 변한다. 살아남은 화자는 장소와 시대를 가늠할 수 없는 설화 같은 공간에 정착한다. 기존 사회의 바깥이자, 인류의 과오를 반복하지 않을 가능성을 품은 사회다.

이와 유사하게 김성중의 「트리허거」는 고대 신화를 미래의 사건으로 재구성한다. 중국 신화에서 황제 헌원씨는 천문과 산술, 글자, 의술 등을 보급해 질서를 정립하고 인간의 삶을 윤택하게 만들었다. 「트리허거」의 황제는 고도의 과학기술을 보유하고 우주 규모의 제국을 통치하며 별을 정벌한다. 황제의 딸인 한발은 물을 들이켜 땅을 메마르게 하는 신화적인 능력을 갖고 있지만, 소설의 설정상 한발은 신이 아니라 생체 병기다. 한발은 자신이 "괴물이라는 것을 잘 알고 있"으며 황제의 적인 치우와 같은 "잡종이고, 외계인"(p. 92)이라고 칭한다. 그러나 이야기를 이끄는 주인공은 황제가 아닌 한발과 치우다. 소설은 탐욕스러운 지배자인 황제에게 기계의 속성을, 그의 폭력에 저항하는 한발과 치우에게 자연의 속성을 부여한다. 황제는 다이슨 구체를 만드는 기술력으로 태양마저 자원으로 사용하고자 한다. 그의 트리허거 기지에 존재하는 "거대한 삼나무"(p. 95)는 인공적으로 만든 이미지에 불과하다.

반면 동두철액, 즉 구리와 쇠로 된 신체 부위를 지닌 치우는 오행의 금숲처럼 물·불·땅 등의 자연물과 연결된다. 그는 금색 눈동자를 빛내며 풍백과 우사를 부려 비바람을 일으킨다. 치우가 향하는 갈로산은 금속으로 이루어져 있지만 "자체가 하나의 유기체"(p. 116)이다. 척추 같은 먹빛 기둥이 뽑히자 갈로산은 상처에서 피를 흘리는 생물처럼 "빛나는 생명수"를 흘린다. 샘처럼 솟아난 그 "신성한 황금빛 물"(p. 117)은 무엇이든 살리는 힘으로 풀과 나무를 자라게 하고, 한발을 발그레하고 생생한 모습으로 바꾼다. 자연의 생명력이 기계로 무장한 황제의 탐욕을 저지하는 힘이다.

한발이 향하는 종착지는 태초의 공간인 에덴동산이다. 기술 문명이 구축한 미래는 황제의 지배력과 함께 사라진다. 언덕에는 "이미지로 된 가엾은 허상이 아니라 작지만 탄탄한 진짜 나무"가 "작은 에덴"을 만든다. 한발은 인간이 부재하는 태초의 풍경이 자신이 속할 세계임을 다시금 선언한다. 에덴은 "인간만 빼고 만물의 씨앗을 모두 품"(p. 118)고 있다. 작중의 미래는 신화가 주도하는 상상 속 고대와 동일하다. 생존자의 새 보금자리는 우리가 겪어보지 못한, 현실에서는 불가능한 신화적 사건이 일어날지도 모를 가능성의 공간이다.

그런데 인간의 반대편이 자연이라는 구도는 여전히 인간중심적이라는 점을 고려할 필요가 있다. 인간과 자연을 명확히 구별할수록 이분법 자체는 강화된다. 인간중심주의에서 벗어난다면, 다시 말해 인간을 특별하고 독자적인 개별자가 아닌, 다른 존재들과 연루되어 구별 없이 자연을 이루는 요소로 본다면 인간과 자연의 대립 구도를 유지하기는 어려워진다. 이처럼 인간의 의미를 복합적으로 파악할 때 SF는 다양한 형태의 비인간 존재를 제시함으로써 돌파구를 찾는다. 지금까지의 인류와는 다른 낯선 존재 방식은 인간중심주의와 결별할 토대를 제공한다. 인간의 멸망은 인간이라는 기존 개념의 죽음을 포함할 수 있다. 그런 점에서 포스트 아포칼립스는 종종 포스트 휴먼의 무대가 된다. 기존의 인간과는 다른 방식으로 정체성을 구성하는 사람들의 이야기인 것이다.

김성일의 「인류의 유산」은 비인간의 시선으로 전개된다. 소설의 첫머리에서부터 묘사되듯 자무는 인간형 인물이 아니다. 체중 3톤에 액체 호흡을 하는 자무는 범고래의 후예이며 프록시마켄타우리 b 소속이다. 그에게 인류시대의 유적은 "읽을 줄 모르는 문자"로 덮인 "방향감각도 여기서는 아무 소용이 없"(p. 166)는 곳이다. 그곳은 공기조차 꺼림칙하다. 자무 같은 현대인(혹은 현대 범고래)의 시대에 인류는 야만적이고 끔찍한 흔적으로 기억된다. 야만·짐승·인류라는 단어는 유사한 의미로 쓰인다. 역사적으로 인류는 전쟁으로 자멸할 정도로 파괴적이었다. 싸움이나 살해는 '문명종'에게는 어울리지 않는 행동이다. 문명종으로서 자무는 신인류라는 정체성조차 완강히 거부한다. "인류의 후예가 있다면 그것은 외계인이 아니"(p. 187)다. 인류 멸망 이후에 번성한 새 문명은 인간의 몫이 아니다.

그러나 유적에 잠들어 있던 인류의 유산은 주술이나 최면을 걸듯 방문자들로 하여금 인류의 위대함에 도취하게 만든다. 가벼운 세뇌와 바이러스를 이용한 조종이었다. 유적에 모인 사람들은 파벌을 만들어 인류가 남긴 과학기술을 서로 차지하려 싸운다. 다툼을 말리던 자부도 인류와 무관하지 않다며 취조당한다. 그의 선조인 범고래는 과거 인류에게 유전자 조작을 받아 문명종이 되었다. 인류는 침략 전쟁에 그들을 무기이자 군인으로 이용했다. 방문자 가운데는 범고래 군대에 공격당한 종족의 후예가 있다. 자무가 선을 그으려 해도 그의 뿌리는 인류와 단절되지 않는다. 그에게도 인류의 유산을 상속받을 자격이 있다. 상속재산에 무거운 빚이 포함되었을 뿐이다. 상속을 원치 않는다면 그는 비난에

반박하며 자신의 정체성을 답해야 한다.

나아가 자무에게는 부활한 인류에 맞서 자기 문명의 멸망을 막아야 한다는 책임이 더해진다. 전쟁이 인류나 할 법한 일이라면, 인류와 달리 문명종이라고 주장하는 그는 침략에 어떻게 맞설 수 있을까? 질문은 던져졌고, 대답은 이제부터다. 웜홀을 뚫고 다가오는 인류의 함대 앞에서 자무는 재난 상황에 놓인 주인공처럼 말한다. "몰라요. 하지만 [······] 이번에도 분명 할 수 있는 일이 있을 거예요."(p. 204)

3. 트라우마, 기억, 시간

장르 특성상 포스트 아포칼립스, 즉 멸망 이후의 이야기는 기존 세계와의 대비를 동반한다. 소설은 멸망 이전과 이후라는 두 개의 시대, 두 세계를 바삐 오간다. 곧잘 등장하는 표현이 "옛날에는 이랬대"라는 방식의 언급이다. 옛날에는 맨몸으로 밖에 나가도 숨 쉴 수 있었대. 옛날에는 음식이 남으면 그냥 버렸대. 옛날에는 몸이 하나뿐이었다지 뭐야. 이런 발언은 등장인물 개개인보다는 세계를 대변한다. 멸망 이후의 인물로서 이전 세계를 저울에 올리는 것이다. 이전 세계의 시대는 이미 끝났는데도, 그 세계의 풍경은 해결되지 않은 트라우마처럼 그들의 현재에 불쑥불쑥 들이닥친다. 작중의 미래는 독립적으로 존재하지 않는다. 소설은 미래 세계로 도약할 뿐만 아니라 현재를 회고한다. 도약은 사실 쌍방향으로 이루어진다. 우리의 현재에서 가상의 미래로, 또 그들의 현재에서 기억 속 과거로.

이처럼 두 시점을 오가는 서술은 트라우마의 기전과 유사하다. 트라우마는 과거에 겪은 심리적 외상의 순간을 현재에 와서도 반복적으로 재생한다. 트라우마를 겪는 환자는 그때로부터 얼마나 멀어졌든 시간을 도약해 그 순간을 다시 겪는다. 명확한 시공간은 중요치 않다. 지금과 그때라는 두 시간은 모두 현재적이다. 그래서인지 이경희의 「등각 순환하는 시공간 원점의 위험성에 대하여」는 트라우마 치료 과정으로도 읽힌다. 소설은 특정 시점을 분기점으로 과거와 미래, +1과 -1, +2와 -2라는 시점으로 이동한다. 이때 정확한 시각은 나오지 않는다. 주인공 한이 있는 곳은 욕망구현장치로 갓 탄생한 우주이고, 시간 역시 이제 시작되었으므로 과거에서 미래로 흘러가는 선형적인 시간의 흐름은 물리적으로 존재하지 않는다. 이전과 이후만이 유의미하게 존재한다.

욕망구현장치가 마련한 우주는 한의 욕망을 완전히 구현한다. 한이 비프웰링턴을 먹고 싶다고 말하면 그 즉시 음식이 나타난다. 한의 안내자이자 양육 보조 로봇인 로잘린은 자신이 미리 준비한 게 아니라고 설명한다. "정해진 거죠."(p. 134) 현재의 한이 마음을 정하자 이에 따라 과거가 결정된다. 일반적인 시간 개념에 따르면 과거는 이미 정해져 있어야 한다. 그러나 한은 자신의 욕망이 실현되는 우주, 그것도 갓 생성되어 현재만 있을 뿐 미래도 과거도 아직은 불확정적인 우주에 있다. 그의 과거는 선형적인 순서를 무시하고 지금 시점에 역으로 결정된다. 다만 한의 욕망은 진부하게 갈팡질팡하며 좌초한 상태다. 그는 모순적으로 소망한다. "아무와도 이어지고 싶지 않아요. 애쓰고 싶지 않아요. […] 하지만, 연결되고 싶어. 성취하고 싶어. 이해되고 싶어."(p. 162) 그는 자신이 무엇을 원하고 무엇에서 도피하는지 확정하지 못했다. 로잘린은 한 같은 사람들을 "스스로 욕망할 줄도 모르"(p. 127)는 수준이라며 염증을 낸다.

뒤죽박죽 앞뒤로 도약하는 이야기 속에서 한은 동일한 내용의 사건을 반복하는 중이다. 그는 외상의 순간으로 거듭 돌아간다. 욕망구현장치가 작동하면서 기존의 우주가 파열한 순간이다. 작중에서 로잘린은 한을 지배하며 같은 경험을 무의미하게 반복시키는 것처럼 보인다. 인류를 보호한다는 명목으로 사람을 통제하는 감찰국보다 더욱 확실하게, 로잘린은 한에게 지배력을 행사한다. 하지만 로잘린의 부추김은 한편으로는 트라우마 치료 과정과 유사하다. "과거는 다시 써 내려갈 수 있어. 당신의 선택과 행동은 똑같이 반복되겠지만, 선택의 이유는 매번 새롭게 정할 수 있어. 몇 번이고, 몇 번이고, 의미를 찾을 때까지."(p. 163) 반복을 그만두고 싶다면 한은 하나의 시점에 정착해야 한다. 결과물이 불만족스럽더라도 지금의 선택을 확정하고, 그에 따라 과거의 모습을 결정하고 의미를 구성해야 한다. 결정을 회피하는 동안에는 반복을 막지 못할 것이다. "제발. 당신이 정해야죠"(p. 140)라고 말하는 로잘린의 충고는 암시적이다.

설정은 다르지만 조시현의 「셔터」에도 역결정이 나타난다. 세상은 어느샌가 멸망했다. 화자는 현재 날짜도 시간도 모른다. 그녀가 속했던 세상은 재난의 대격변과 함께 삭제됐다. 화자 개인의 연대기도 함께 사라졌다. 오로지 인스타그램의 타임라인과 새로 고침만이 남았다. 화자에게 온라인과 오프라인 세상은 명확히 분리되지 않는다. 폐허가 된 텅 빈 세상에서 의미를 지니는 것은 인스타그램에 올라오는 사진, 이야기, 그 안에서의 피드백뿐이다. 미디어는 멸망 이전을 방불케 하는 생명력과 화제성을 보유한다. 그녀는 타인과 긴밀하게 연결되는 창구를 확보한다. 동시에 누구와도 제대로 닿지 못하고 고립된 상태다. 화자의 계정은 남들 눈에 보이지 않는지 이상하게 '좋아요'를 받지 못한다. 멸망 이전의 세계로부터 버려진 그녀는 이후의 세계에서도 적합한 존재 양식을 찾지 못한 채 배회하는 중이다. 그녀의 시야는 폐허의 풍경과 "파스텔 톤"(p. 75)의 풍경을 오락가락한다.

마침내 인스타그램에서 본 타인을 찾아갔을 때 그녀는 자신을 증명하기 위해 사진을 꺼낸다. 같이 살다가 떠난 여자에게서 훔친 사진이다. 여자는 태아의 초음파 사진을 보관하고 있었다. 화자는 여자가 찾는 줄 알면서도 사진을 돌려주지 않았다. 본래 다른 사람의 이야기이자 존재 증명이었던 사진은 화자가 타인 앞에 꺼내든 순간 그녀의 과거로 정해진다. 이전에는 개개인에게 단단히 묶여 있던 사적인 역사, 정체성, 관계 등은 멸망 이후 엉성하게 변했다. 화자는 지금 얼마든지 자신의 과거를 결정하고 현재의 정체성을 재정립할 수 있다. "다른 방식으로 존재하겠다고 결심만 하면"(p. 66) 된다. 사진의 태아를 자신의 것으로 삼은 순간 화자는 "뱃속에서 한순간 단단하게 붙었다 떨어진" "그 일치감. 수렴. 압축"(p. 87)을 느낀다. 이전 세계에서 버려졌다는 외상은 사라진다. "좀 희미해 보이"(p. 83)던 화자는 비로소 피사체가 된다. 그녀는 최후의 날 다음에 이어지는 공백에 힘입어 자신을 결정하는 중이다. 그것이 무엇이든 작업을 시작할 시간이다.

비록 화자가 희망한 바인지 아닌지는 불분명하지만 어쨌든 소설에서 공백은 비어 있는 작업대처럼 자율적인 활동을 유도한다. 기존의 질서에서 불가능하던 움직임도 등장한다. 포스트 아포칼립스 서사는 멸망이라는 닫힌 결말 뒤의 빈 공간을 보여줌으로써 우리 스스로 갇혀 있었던 자업자득의 폐쇄적 회로를 허물어뜨린다. 더불어 우리가 멸망 다음 이야기를 상상할 수 있다는 사실을 증명한다. 작품 속 어느 시공간에서 바라보면, 현재 우리가 알고 있는 멸망 이전의 세계는 그저 한때의 기억으로 변한다. 설령 트라우마처럼 생생하고 끈질긴 기억이라도 재구성되고 재해석될 수 있다. 여기서 주목할 또 한 가지는 현재의 불안에 따라 포스트 아포칼립스에 나타나는 멸망의 모습도 바뀌어왔다는 점이다.

우리는 어떻게 사라질까? 멸망 후의 공백에서는 어떤 이야기가 가능할까? 픽션의 대피소에서는 부단한 작업이 이루어지는 중이다.